クライブ・カッスラー
& グラハム・ブラウン／著
土屋 晃／訳

●●

テスラの超兵器を粉砕せよ（上）

Zero Hour

扶桑社ミステリー
1570

Japanese translation published by arrangement with
Peter Lampack Agency, Inc.
350 Fifth Avenue, Suite 5300, New York, NY 10118 USA
through Tuttle-Mori Agency, Inc., Tokyo

テスラの超兵器を粉砕せよ（上）

登場人物

カート・オースチン —— 国立海中海洋機関《NUMA》特別出動班班長

ジョー・ザバーラ —— 同海洋エンジニア

ポール・トラウト —— 同深海地質学者

ガメー・トラウト —— 同海洋生物学者

ダーク・ピット —— NUMA長官

ジェイムズ・サンデッカー —— アメリカ副大統領

ハイアラム・イェーガー —— NUMAコンピュータ・エンジニア

ヘイリー・アンダーソン —— 理論物理学者

セシル・ブラッドショー —— オーストラリア保安情報機構《ASIO》テロ対策局副局長

マクシミリアン・セロ —— 原子力エンジニア

ジョージ —— セロの息子。物理学者

ヤンコ・ミンコソヴィッチ —— セロの警備隊長

アントン・グレゴロヴィッチ —— ロシアの殺し屋

パトリック（パディ）・デヴリン —— アイルランドの船乗り

プロローグ

一九〇六年四月一八日
カリフォルニア州北部ソノマ郡

雷鳴で真っ暗な大洞窟《どうくつ》が震えたと思うと、聳《そび》え立つ二本の鉄柱の間で巨大な青白い火花放電が起きた。ぎらつく電光は消えるどころかふたつに分かれ、二本のプラズマ光線となって鉄柱をぐるぐる回りだした。光線は風を追いかける炎さながら、湾曲した金属製のドームの底面に向けて鉄柱を巻くように上昇していった。そこまで達すると、渦状銀河の腕を重ねるようにふたたび合体し、最後に網膜を焦がす光条となって消えた。

闇《やみ》に包まれた。

あたりにオゾンが漂っている。

洞窟の底で、光に目が眩《くら》んだ男女の集団が身じろぎもせずに立っていた。その閃光《せんこう》はすさまじいものだったが、その場にいた全員が以前にも空中放電のようなものを見ている。それ以上のものを期待していた。

「あれで終わりか？」と、どら声がした。

その声を発したのは、背が短軀《たんく》のハル・コートランド准将である。人工稲妻の出所である大型装置の制御盤の傍《かたわ》らに立つ、金髪で痩《や》せ形の眼鏡をかけた三十八歳のダニエル・ワターソンに向けられたものだった。

ワターソンは仄暗《ほのぐら》く光る計器の列をじっと眺めていた。「まだなんとも言えない」とつぶやいた。ここまで達した者は誰もいない。マイケル・ファラデーも、偉大なニコラ・テスラでさえ。だがワターソンが正しいとすれば――己れの計算と理論と、テスラのもとで見習いとして働いた年月によって、これから起きようという現象が理解できているのであれば――たったいま目にした閃光は始まりにすぎない。

ワターソンは電源を切って制御盤から離れて、鉄縁の眼鏡をはずした。闇のなかでも鉄柱がかすかに青光りしているのがわかる。頭上のドームを見あげた。その内側の表面に沿って、鮮やかな色が混じりあうように流れている。

「で？」とコートランドが促した。

制御盤のある計器の針が動いた。ワターソンは目の端でそれを捉《とら》えた。

「いいえ、将軍。まだ終わっていないと思います」

ワターソンが話している最中に、洞窟内に低い轟《とどろ》きが渡った。遠くの採石場で重い石を転がしているような、振動が数マイルの岩石帯を伝わってきたかのような、くぐもってひずんだ音だった。音は数秒つづいたあと、しだいに弱まってやんだ。

将軍がくつくつ笑いだした。そして懐中電灯を点《つ》けた。「政府は不発の花火には金を出さんぞ、きみ」

ワターソンはそれに答えなかった。彼は耳を澄ましていた。何かを、かすかなものを感じとろうとしていた。

将軍はあきらめたようだった。「行くぞ。パーティは終わりだ。このモグラの穴から出よう」

集団が動きだした。彼らの足音やつぶやきのせいで音は聞こえなくなった。

ワターソンは片手を挙げた。「どうか！」大きな声で呼びかけた。「みなさん、その場を動かないで！」

見学者は足を止めた。ワターソンは鉄柱が足下の岩盤を貫通している場所へ近づいていった。かつてテスラが述べたように〝地球をしっかりつかむ〟ため、鉄柱はそこから下へさらに五〇〇フィートつづいている。

鉄柱の一本に片手を置いたワターソンは、かすかな振動を感じた。まるで自分が回路の一部となったかのように、体内を駆け抜けていった。電気が流れたときの痛みはなく、身体も痙攣《けいれん》しなかったし、地面に消えていくことも、感電をもたらすこともなかった。気分がやすらぎ、軽い眩暈《めまい》をおぼえた。幸福感すら感じた。

「来ます」と彼はささやいた。

「何が来るって？」将軍が訊《き》きかえした。

ワターソンは振り向いた。「リターンです」

数秒経《た》って、コートランドは顔をしかめた。「きみたち科学者は、巡回サーカスの呼び込みみたいなものだ。大きな声で何か言って人の耳に届けば、われわれがそれを信じると思っている。だが私には何も聞こえないし――」

ふたたび重低音がして、将軍は言葉を呑《の》みこんだ。今度はもっとはっきりと洞窟内に轟いた。鉄柱をめぐる青い光が明るさを増し、音と同一のリズムで脈動した。

今回は音が消えても、身動きする者はいなかった。彼らは待っていた。四〇秒後、それは報われた。第三の波は通過する貨物列車のようにやってきた。それは洞窟の床を揺らし、頭上のドームの磨き抜かれた表面に光の渦を連れもどした。螺旋《らせん》状のエネルギーが鉄柱に沿って地面まで半分ほど下りてきたところで消えた。

ワターソンは後ずさりし、危険区域から離れた。

そののち、四度めの波が洞窟に押し寄せた。それが到来した瞬間、鉄柱がぎらぎら輝いた。二本の鉄柱の間を電光が飛び交う。洞窟が揺れはじめた。砂埃《すなぼこり》や細かい石のかけらが降り注ぎ、見学者は避難場所を求めて走った。

ワターソンに、光に照らされて病んだように笑うコートランド将軍が見えた。ふたりの立場は逆転していた。不安を感じるワターソンにたいし、コートランドは満足そうだった。ワターソンはコンソールに近づいて眼鏡をかけ、表示に見入った。揺れの原因を説明できないのだ。

状況を判断するまえに、第五の波に襲われた。振動と人工雷鳴がいっそう強烈になり、将軍さえ何かおかしいと気づいたらしい。「どうなっている？」

その声はほとんど聞こえなかったが、ワターソンも同じ思いを抱えていた。出力計が――さっきまで死んだように動かなかったのが――最大値に向かっている。

つかの間の中断後、第六の共鳴作用がはじまり、計器の針は目盛りを振り切った。振動は耐え難いものだった。上から岩が落ちてくる。軍がコンクリートを流しこんで作った洞窟の強化壁に巨大なひび割れがジグザグに走った。ワターソンは倒れそうになり、コンソールにしがみついた。

「どうなっている？」将軍がまた言った。ワターソンにもはっきりしなかったが、吉兆であるはずがない。

「全員を外に出して」ワターソンは叫んだ。「外へ――早く！」

将軍が鳥かごのようなエレベーターを指さした。地上まで四〇〇フィートを上がるのだ。集団は脱走する家畜の群れのごとく走った。だが振動は激しさを増し、エレベーターに乗りこむまえに壁が崩れた。

一〇〇トンもの岩やコンクリートが崩落してきた。近くにいた者は一瞬にして押しつぶされた。足場を組んだようなエレベーターの枠がひしゃげて横に突き出し、きわどく難を逃れる者もいた。

ワターソンは焦燥《しょうそう》に駆られた。彼の両手は制御盤上を飛ぶように動いてスイッチを弾《はじ》き、計器を叩《たた》いた。振動がつづいた。耳をつんざくほどの音。

コートランドが彼の肩をつかんだ。「切れ！」

ワターソンは無視した。事態を理解するのに必死だった。

「聞こえたのか⁉」将軍は叫んだ。「そいつを切れ！」

「切ってます！」ワターソンは叫びかえし、将軍の手を振りほどいた。

「なんだと？」

「最初の放電のあとに切りました」ワターソンは説明した。

最後の波は衰えたが、計器を見て次の波が形成されているのがわかった。針が目盛りを振り切り、ワターソンの顔が蒼白《そうはく》になった。波はそれぞれ、直前のものより大きくなっていた。どれほどのパワーが向かってくるのか、想像するのが怖かった。

「では、エネルギーはどこで発生してる？」コートランドが詰問した。

「あらゆる空間から」ワターソンは答えた。「周囲の四方八方から。それを証明するための実験なんです」

洞窟がまた揺れだした。いまや稲妻は鉄柱にとどまらず、洞窟の壁や天井や床を飛び回っていた。砂礫《されき》や塵芥《じんかい》が飛び散っていた。

悲鳴と恐慌のさなか、ワターソンは茫然《ぼうぜん》と立ちつくしていた。成功の瞬間は大惨事に変わろうとしている。頭上で何かが割れる不吉な音がした。

もはや立っていられないほど激しい揺れに見舞われながら、ワターソンと将軍は上を見た。黒い亀裂《きれつ》が天井を蛇行していく。それが壁面に達し、蜘蛛《くも》の巣さながらに広がっていった。

天井が一気に崩れ、大量の岩が落下してきた。

即死したワターソンとコートランド将軍には、自分たちが凶暴な力を解き放ったことも、つづく地震でサンフランシスコの街が壊滅したことも知る由《よし》がなかった。

1

二〇〇九年一二月

激しさを増す一方の暴風雨のなか、パトリック・デヴリンは〈ジャワ・ドーン〉の後甲板《こうかんぱん》に立っていた。その海上交通用のタグボートは、大型客船〈パシフィック・ボイジャー〉の錆《さ》びた船体にごついケーブル一本で連結されている。タグボートの側面に、散弾銃の銃声さながらの音とともに巨大なうねりが叩きつけた。雨が斜めに降りしきっていたが、風であおられた水しぶきと区別がつかなかった。

高さ五〇フィートのクレーンと、ずらりと並ぶ強力なウインチなどの荷積みや牽引《けんいん》装置に囲まれたデヴリンの姿はしごく小さく見えた。実際には身長が六フィート近くあり、いまは寒さで縮こまっているものの肩幅は広い。

白いものが混じる無精ひげにしろ、目に覆いかぶさるまぶたの皺《しわ》にしろ、デヴリンはどこをとっても萎《しお》れた老水夫の風情である。悪くなるばかりの天候、ますます大きくなるケーブルの圧力、海の状況に鑑《かんが》みて、彼は重い結論に達した。港を出たのは大きな間違いだった。生き延びるだけでも儲《もう》けものだ。

デヴリンが船内の電話をつかんだとき、またもうねりが船を容赦なく揺さぶった。船長が電話に出た。

「方位は？」デヴリンは受話器に叫んだ。

「真南」と船長は答えた。

「そいつは駄目だ」とデヴリンは言った。「舷側《げんそく》で波を受けたら保たない。うねりに正面から突っ込まないと」

「無理だ、パディ」船長は断固として言った。「そんなことしたら時化《しけ》をまともにくらっちまう」

倒れないようにしっかり壁をつかんだまま、デヴリンは甲板になだれこんで砕ける波を見つめた。「無茶だな。タラカンを出るべきじゃなかったのさ」

タラカンというのは、〈ボイジャー〉を引き取った未開ともいえる旧式の港だった。この古い客船は事故を起こしたのち、数年まえ、修理のためにそこに係留された。その数日後には海運会社が破産して、港に置き去りにされたのだった。

その後、謎《なぞ》の買い手に売却されたものの、〈ボイジャー〉は三年以上もタラカンに繋《つな》がれたまま錆びついた。破産で誰が修理費を払うかで揉《も》めたんだろう、というのがデヴリンの推測である。

　その理由はともかく、彼らが見つけたのは遺棄船といった代物《しろもの》だった。船首から船尾まで錆《さび》で覆われ、航行はほぼ不可能。貨物船と衝突し、Hの形に傷ついた船首付近の穴は応急修理されていた。

　いま、急速に悪化する時化で身動きが取れなくなった船が沈む運命にあるのは明白だった。

「索はどうだ？」と船長が訊いた。

　デヴリンは、タグボート後方の巨大ウインチから〈ボイジャー〉へと延びる太いケーブルに目を走らせた。ケーブルは強く引っぱられてからすこし緩んだ。

「ぴんと張ってる」とデヴリンは言った。「この波であのオンボロ船の縦揺れがはじまるぞ。それに喫水《きっすい》が確実に下がる。点検作業員をもどすべきだ」

　デヴリンの意向に反し、船長は浸水検査のため男三人を乗船させていた。この天候では危険だし、時間の無駄だ。船が浸水しても、彼らにそれを止める手立てはない。また船が沈みだしたら――デヴリンはそうなると思っていたが――〈ジャワ・ドーン〉が深みへと道連れにされるまえにケーブルを切断しなければならない。だが船内には三人いるわけで、曳索《えいさく》の切断はデヴリンにとって殺人行為にも等しい。

　大型タグボートの船首が持ちあがったと思うと、いちばん大きな波間に落ちた。その瞬間、ケーブルが軋《きし》んで音が鳴るほど張り詰めた。そしてタグボートは後方へ引っぱられた。スクリューが奮闘して引きに抵抗し、まわりの海が沸き立った。次のうねりでタグボートが浮きあがったときには、〈ボイジャー〉は波間に沈んでいたにちがいない。索が下へ引かれてタグボートの船尾板に貼《は》った強化鋼がたわみ、甲板後部が海へ引きこまれたのだ。

デヴリンは双眼鏡を目にあてた。波のせいで判じにくいが、ある程度は見える。〈ボイジャー〉の船体は先ほどより沈んでいた。

「船首が落ちてるぞ、船長。すこし左舷《さげん》に傾いでる」

船長はためらっていた。その理由はデヴリンにもわかった。この曳航《えいこう》作業でひと財産つくれる。でも船が沈んだら元も子もない。

「やつらを呼びもどせ！」とデヴリンは叫んだ。「後生だから、船長、せめて呼びもどしてやれ」

船長はようやく口を開いた。「さっきから呼んでるぞ、パディ。応答がないんだ。何かあったんだ」

その言葉に、デヴリンは寒気を感じた。「ボートを出さないと」

「この天気で？　危なすぎる」

まるでその点を強調するかのように、新たな波が舷側を襲い、手すりを越えた海水が後甲板を水浸しにした。

頑丈なタグボートはすぐに海水を吐き出したが、直後に来た次の波でさらに大量の水があふれた。

〈ジャワ・ドーン〉が姿勢を持ちなおすと、デヴリンは〈ボイジャー〉を見やった。

間違いなく沈んでいる。ハッチが何個か吹き飛んだのか、いい加減に修理した箇所にまた穴が開いたか。

船長もそれを確認したのだろう。「切り離そう」と言った。

「駄目だ、船長！」

「やるしかない、パディ。索を解放しろ。彼らには自前のボートがある。それにこっちが沈んだら助けることもできない」

また波が激しく甲板を洗った。

「頼むから、船長、情けをかけてやれ」

「索を切れ、パディ！　これは命令だ！」

船長が正しいことはデヴリンにもわかっていた。彼は受話器を放し、緊急解除レバーのほうへ一歩進んだ。

甲板が大きく持ちあがり、船尾を呑むうねりが迫った。それが浜辺に押し寄せる波のように足をさらい、デヴリンを引きずっていこうとした。

立ちあがったデヴリンからは、いまやケーブルは水に浸《つ》かって見えなかった。大雨と波しぶきをすかして、半ばまで海に没した客船が見えた。急速に沈みゆく船体は、タグボートを道連れに海の底へ落ちていこうとしている。タグボートの後甲板はすでに水に浸かっていた。

「パディ！」

ぶらさがった受話器から怒声が聞こえたが、急《せ》かされるまでもなかった。デヴリンは身体を引きあげて解除レバーをつかむと、それを力のかぎり押しさげた。

金属が咬《か》む大きな音がした。巨大ケーブルが外れ、ニシキヘビのごとく甲板上を激しくのたうった。タグボートが上方へ一気に飛び出し、隔壁に向かって投げ出されたデヴリンは唇を切り、片目を打ちつけた。

一瞬意識が飛んだが、すぐに気を取りなおして振りかえった。古い客船は穏やかな、安らかといってもいいような角度で波間に滑り落ちていった。数秒後、それは消えた。船内に残された男たちの安否は絶望的だった。しかし〈ジャワ・ドーン〉は助かった。

デヴリンは受話器をつかんだ。

「引きかえしてくれ。やつらは船外に出たかもしれない」

舵《かじ》とスクリューが利きだすと、甲板が安定した。タグボートは危険なほどの急旋回にはいった。旋回を終えるころ、デヴリンは船首にいた。

暗闇といってもよかった。溟《くら》い海の上で、空は銀色を帯びている。周囲の全景に色彩はなく、白黒映画のなかを動いているかのようだった。

デヴリンは目を凝らした。なにも見えなかった。

闇のなかを、タグボートの探照灯が一帯を照らした。デヴリン同様、ボート上の目という目が必死で男たちを捜していたにちがいない。その甲斐《かい》もなく。

それから十八時間、〈ジャワ・ドーン〉は行方不明となった乗組員の捜索を虚《むな》しくつづけることになった。

彼らが海で発見されるはずもなかった。

2

現在

セバスチャン・パノスは、レストラン街の暗い裏通りを行く野良猫よろしく狭い通路を進んだ。じめじめして濡《ぬ》れているせいで、通路というより下水溝のようだった。水滴がひっきりなしに落ちてくるだけに、水中研究所の外の有毒な水が壁から滲《にじ》み出し、内部の全員をゆっくりと死に追いやっているのではという、そんな思いにとらわれることがある。

とはいえ、そこは主要な研究の場である、その心臓部に悪名高い洞窟を持つ島ほど悪くはなかった。あそこと較べれば、この研究所は極楽だった。だが、パノスの頭からは逃げ出したいという思いが離れなくなっていた。

ギリシャとトルコの血を引くキプロス人のパノスは、エンジニアとしての大きな仕事の契約と一〇年間は家族を養えるほどの報酬につられて、悪夢のようなこの水中研究所にやってきた。人生の三年間を費やすこと、そして秘密を洩《も》らさないという条件つきである。ここに来て半年が経つと、パノスは不安をおぼえはじめた。一年が過ぎるころには、これは痛恨の過ちだったと考えるようになっていた。

辞めたいという要望は却下された。あらゆる通信は記録され、しばしば妨害もされた。ちょっとでも反抗をほのめかすことがあれば、さりげなく脅された。ここに残って研究を完成させなければ、家族の身に何か起きるかもしれないと。

計画が完成に近づくにつれ、パノスと他のエンジニアたちは競争を強いられた。誰を信じ、誰を恐れるべきなのかがわからなくなり、言われるがままたがいに疑いの目を向けるようになった。そして一年が過ぎ、二年めにはいった。

その間のパノスの生活は、無理やり船に乗せられた水夫さながらだった。船長の命令に従わなければ命を落とすことになるので、やむを得ずというところはあったが、いずれそんな最期が訪れる予感がしていた。プロジェクトは極秘かつ邪悪なもので、それが終了すれば目撃者は消されるだろうと理性が告げていた。

生きては出られない、とある同僚がそんな冗談を言った。後日、その男の姿が消えただけに、あながち冗談ではなかったのかもしれない。

思えば、家族同伴でという申し出が研究所からあった。パノスは信仰心の篤《あつ》い人間ではなかったが、神か運命か、あるいは単なる直感のおかげか、さいわいにしてその申し出を断わっていた。家族を連れてきていた者もいた。そんな彼らをあの島で見かけたこともあったが、囚《とら》われの身となったその不運な境遇はパノスの比ではなかった。家族連れの同僚は信用できないと思った。彼らはいとも簡単に支配される。失うものは己れの命にとどまらないからである。この腐って悪臭を放つ世界で、子どもをもうけた者さえいた。そんな彼らは召使いのごとく、現代のピラミッド建設に携わる奴隷《どれい》のごとく生きている。

少なくとも、パノスには脱出を考えるだけの自由はあったけれども、それを実行するだけの本気の思いはなかった。自分のロッカーにメモを見つけるまでは。

それは目に見えぬ慈愛の天使から届いた、謎に満ちた最初の接触だった。初めは罠《わな》だと思った。餌《えさ》に食いつくかどうかを見きわめる、ささやかな試験であると。が、もはやそれもどうでもよくなった。自由が手招きしていた。脱出に成功しようが、冷たい死の棘《とげ》を受けようが、いずれも歓迎だった。

その提案を検討するうち、さらにメモを受け取った。メモは折りにふれて届いた。脱出を手助けする用意があるという一方で、そこには条件も記されていた。この恐ろしい兵器の詳細を持ち出し、この建造を進める狂人の計画の阻止《そし》をもくろむ人物に渡すというものである。手はずはととのっている。パノスとしては、生きてその場所へ行けばいいだけだった。

その目的だけを胸に、パノスは濡れた通路を進んで潜水室まで行った。時間は遅く、すでに人の姿はなかった。彼は未知の相手がロッカーに残していったキーでドアを開け、室内に忍びこんだ。ドアを閉じるとデスクランプのスイッチを入れた。

潜水室は二〇×四〇フィートの長方形で、中央に気密室《エアロック》が突き出している。エアロックの分厚いガラス窓からは、丸いプールの黒々とした水が見えた。

パノスはプールのライトを点けた。光が当たった水は澄みきっている。水に混じる毒素のせいで完全に無菌状態だ。ただ、水の色はブルーやターコイズやグリーンではなく、赤みがかっている。血液を薄めたような色だった。

彼は大きく深呼吸した。大丈夫だ。ドライスーツが毒物から守ってくれる。せめて、そうあってほしいと祈った。

ホワイトボードに目を向けると、三つの数字が書きなぐられていた。3、10、075。まだ見ぬ助っ人は約束どおり、事前にここに来ていた。

パノスは三つの数字を暗記してすばやく消した。そして三番めのロッカーを開いた。ドライスーツと酸素タンクが用意されていた。ドライスーツと一緒に吊《つ》られたダイブウォッチのベゼルが一〇分間に設定してあった。浮上に要する時間である。潜水病にならないよう一分間に三〇フィートの割合で上昇する。携帯用コンパスもあった。浮上後に方位を見る。〇七五度。その方向へ行けば、助けが得られるはずだった。

もし必要になれば、水中ナイフが唯一の武器となる。

ダイブウォッチを手首に巻くと、エアロックまでタンクを運んだ。コンパスをポケットに入れてから、約束の荷物——研究所の図面とデータを保存した携帯用ハードドライブ——が、防水容器に収められているかを再度確認した。

それをシャツにもどし、かさばるスーツをつかんで腰をおろした。スーツに片脚を入れる間もなく、部屋のむこう側でカチリと音がした。

ロックにキーが挿しこまれたのだ。

把手《とって》が動き、ドアが開いた。ふたりが話しながら入ってきた。

すこし遅れてパノスに気づいた男たちは、怒るというより不意を突かれた様子だった。だがスーツとタンクを目にすれば、たちまち行動は見破られてしまうだろう。

パノスは機先を制して突進すると、振りおろしたナイフをそばにいた男の肩に刺した。男は倒れこみながら、パノスをつかんでデスクのほうへ引きずった。もうひとりがパノスに飛びかかり、片腕を首にまわしてきた。

上体を起こしたパノスは後ろざまに押していき、相手ともどもデスクにぶつかって倒れると身体を離した。

アドレナリンに力を得て先に立ちあがり、男の顔を膝《ひざ》で蹴《け》りあげてから、デスクランプをつかんで相手の額に叩きつけた。男は床に倒れてそのまま動かなかったが、肩を刺した男はドアから駆け出していった。

「待て！」とパノスは叫んだ。

ドアにバリケードを築くことはできない。警報が鳴るまでの貴重な時間に、彼は重大な決断をくだした。ドライスーツを床に置いたままエアロックにはいった。スイッチを押して内部扉を閉め、ハーネスと酸素タンクを身に着けていった。

エアロックが密閉され、通気音とともに加圧がはじまり、耳の鼓膜が締めつけられるのを感じた。基地の気圧は地表の二倍だったが、それでもプールの水があふれないようにするには充分でなかった。そのためにエアロックが必要なのだ。

パノスはダイブヘルメットをかぶった。密閉具合は悪くない。空気の流入を確認すると、フィンをつけて真っ赤な水に潜った。

静けさに包まれた。彼は下へ泳いで光から遠ざかり、暗中に出た。水中研究所の先端を越えると上へ、上と思うほうへ足を蹴った。

水面下三〇〇フィートに光はなかった。すぐに見当識を失った。眩暈がして、静止していても宙返りしている気分になった。

ライトを点けても状況はほぼ同じだった。赤い水はなんの手がかりもくれない。じきに研究所の追っ手が来ると思うとパニックに襲われた。

おれは何をやった？

泡を吐き出した。そして、ふと泡の雲が動く向きに目を留めた。泡は横に動いているように見えたが、そんなはずはないと理性で覚《さと》った。泡は上にしか移動しない。自然の法則は不変であり、自分のバランス感覚のようにごまかされはしない。

内耳の感覚を無視することにして、パノスは泡を追った。上へ行くのではなく、赤い死の池の底へと潜っていく感じがした。

そうやって進むうちに、脳がそれを受け入れていった。平衡感覚が正常にもどってきた。さらに泡を吐き、脚のキックも強く、海面をめざして急いで泳いだ。

焦ったために、一〇分をかけることを忘れていた。水面に近づくころには激痛に見舞われていた。膝と肘《ひじ》、背中全体が締めつけられるようだった。

痛みにかまわず水上に顔を出すと、パノスは数カ月ぶりに夕空を仰いだ。淡い青紫色。日暮れが近いのだろう。

周囲を見まわすと、高い砂壁に取り巻かれている。初めて見る風景だった。ここがどこなのかわからない。研究所に出入りする際には、いつも鎮静剤を射たれたのだ。ここで眠らされて島で目覚めるか、あるいはその逆か。

関節が痛むまま、ポケットからコンパスを出し、〇七五度の方位へと泳ぎだした。すると関節の疼《うず》きがひどくなり、やがてそこに脳を貫くような閃光がくわわった。

それでも泳ぎつづけたすえ、水から這《は》い出て砂浜に上がった。数ヤード進むと、その先は段状になった岩だった。高さは一〇フィートほどだが山にも等しい。どうやって登ればいい？　無理だ。いまの体調では。パノスは立とうとして激痛に倒れこんだ。

走ってくる足音が終わりを告げる合図だった。だが、彼を引きあげようとする手つきはやけに優しかった。

バンダナに隠れた顔が見えた。

「浮上が速すぎたんだ」男がバンダナ越しに言った。

「そうするしか……なかった……」パノスはやっと声にした。「彼らに……見つかった」

「見つかったのか⁉」

「エアロックで……」

「追っ手が来るってことか」

見知らぬ支援者は、パノスの痛みに注意を払いながら岩山を越させた。駐《と》めてあったSUVの後部にパノスを乗せ、テールゲートを閉じた。

救いの主が運転席でキーを回した。パノスは胎児のようにうずくまっていた。

エンジンがかかると、車は荒れた大地を弾むように進んでいった。揺れるたびに新たな激痛が走った。パノスにとっては、身体がつぶされると同時に内側から爆発するような感覚だった。

「おれはもう死ぬ」彼は悲鳴をあげた。

「いや」運転手ははっきり言った。「だが、良くなるまえに悪化する。レギュレーターを使え。役に立つ」

パノスはレギュレーターを口にもどした。しっかりくわえ、できるだけ深く呼吸した。そうしていても、凹凸《おうとつ》のある地面を走るSUVの車体が傾くたびに痛みはつづいた。

パノスは頭を胸に近づけた。そうすると苦痛がすこしは和らぐように感じた。指と手首が内側に丸まっていた。

「書類は持ってきたか?」運転手が訊《たず》ねた。「コンピュータも?」

パノスはうなずいた。「ああ……これからどこへ行く?」

運転手はためらっていた。捕まったときのことを考え、多くを話さないようにしているのだろう。やがて運転手は口を開いた。「助けてくれる人のところへ。この狂気をこれっきり終わらせることのできる人のところへ」

3

一九〇〇時
オーストラリア、シドニー

カート・オースチンは、オペラ劇場の前から八列めの座り心地のよい座席に着いていた。貝殻とヨットの帆を思わせるかの有名なシドニー・オペラハウス第二の劇場である。隣りにある最大のコンサートホールは、現在は無人だった。

長年、オースチンはシドニーを訪れて演奏会に行きたいと思っていた。ベートーベンでもワグナーでもよかったし、U2の公演と旅程が重なりそうになったこともあったが、微妙にタイミングがずれた。ようやく念願の場所に来られたというのに、舞台から聞こえてくるのは、すぐに眠くなるような無味乾燥な学術講演なのだ。

水中採鉱に関するマルドゥーン会議が開かれている。主催は冒険的な採鉱事業を四〇年つづけて財をなした、アーチボルドとライサレットのマルドゥーン夫妻だった。

海中救助に関する専門知識を有し、国立海中海洋機関《NUMA》の特別出動班班長という地位にあることが、オースチンが会議に招待された表向きの理由である。だがマルドゥーン夫妻としては、サルベージ業界でオースチンが得ていたわずかな名声を――そんなものがあるとしての話だが――あてにして出席を望んだところもあったらしい。

過去一〇年以上にわたり、オースチンは世間の注目を集めた事件の数々に関与してきた。偉業のいくつかは機密扱いにされ、何かがあったと示唆《しさ》する噂《うわさ》程度でしかない。一方で、インド洋上で自己増殖をくりかえし、インドおよびアジアに気候変動をもたらそうというマイクロマシンの大群を一掃し、数十億人を飢餓から救った最近の作戦などは公表され、広く知られていた。

そんな評判にくわえて、オースチンは目立つ存在だった。彫りが深く、陽灼《ひや》けした褐色の肌、若白髪の頭に濃いブルーの鋭い双眸《そうぼう》。つまり、どんなイベントにおいても彼の不在は目につく。ここまではマルドゥーン夫妻の、または夫妻のいずれかの目配りが行き届いていたこともあり、そうした事態にはなっていなかった。

たしかに好感の持てる夫妻ではあったが、セミナーと講演が三日もつづき、オースチンはそろそろ逃亡を考えはじめていた。

照明が落ち、講演者が写真を提示しはじめたあたりが頃合いだった。オースチンは電話を取り出し、着信音に聞こえる音を鳴らすスイッチを親指で押した。

数人が振り向いた。

肩をすくめてばつが悪そうに謝ると、電話を耳にあてた。

「オースチンだ」彼は誰にともなくささやいた。「そうだな」と真剣な口調で付けくわえた。「よし。わかった。それはまずい。もちろん。すぐに調べよう」

通話をするふりを終え、電話をポケットに滑りこませた。

「どうかしまして?」ひとつ離れた席から、マルドゥーン夫人が声をかけてきた。

「本部からの連絡です。確認しなければならないことが」

「いますぐに?」

オースチンはうなずいた。「数日まえから状況は刻々変わって、それが限界に達しました。いま行かないと大変なことになりそうなんです」

夫人はオースチンの手を取って握った。がっかりしたようだった。「でも、講演会のいちばんいいところを聞き逃しますよ」

オースチンは険しい表情をしてみせた。「残念ですが、仕方ありません」

マルドゥーン夫妻に暇《いとま》を告げたオースチンは席を立ち、通路を扉へと向かった。扉を抜けるとロビーまでのステップを駆けあがった。ほかの出席者たちとの雑談に引きこまれるのを恐れて左へ折れ、湾曲した通路をこそこそ歩いて標示のない通用口まで行った。

そのドアを押し開け、オーストラリアの湿気の多い宵に歩み出た。意外にも先客がいた。

目の前の階段に若い女性が座りこみ、ストラップのついた靴のヒールをいじっている。白いカクテルドレスを着て、それに合わせた白い花をストロベリーブロンドの髪に差していた。ランだろうか、とオースチンは目星をつけた。

女性が顔を上げ、突然現われた彼を見て驚いた。

「驚かせるつもりはなかった」

一瞬、王冠を盗むところでも見咎《みとが》められたように、彼女は顔を赤くした。そして周囲に目をやると靴いじりにもどった。問題の踵《かかと》の部分を前後に動かして、細く尖《とが》ったヒールをはずした。

「それじゃどうにもならないな」とオースチンは言った。

「お気に入りの靴にかぎって」メロディを奏でるようなオーストラリアのアクセントだった。「壊れることになってるみたい」

がっかりしながらも立派に常識を発揮して、彼女はもう片方の靴も脱いでヒールをはずし、ふたつを並べた。

「とりあえずは釣り合ってる」オースチンはそう言って手を差し出した。「カート・オースチン」

「ヘイリー・アンダーソン。オーストラリアでいちばん高価なフラットシューズの持ち主よ」

オースチンは笑わずにいられなかった。

「基調講演を抜け出してきたのね」

「告発どおり、有罪だ。きみにぼくを裁く資格はあるのかな？」

「まったくないわ。ここにいなくてすむなら、わたしだったらビーチへ行くけど」

彼女は立ちあがり、オースチンが出てきたドアのほうに歩いた。せっかくの出会いをこんなに早く終わらせては面目が立たない。

「砂の上ならフラットシューズが力を発揮する」オースチンは誘いをかけた。「裸足《はだし》とほとんど変わらない」

「ごめんなさい。欠席したら、あとでこってりしぼられてしまうわ。あなたも一緒にもどったら、きっと楽しませてあげられる」

「そそられるな。でも、ようやく勝ち取った自由を手放したくない。あっちで退屈したなら、ボンダイビーチに来るといい。ちょっと派手にしているのがぼくだ」

女性は軽く笑うと、すばやくドアに手を伸ばした。急いでいるようだった。ドアを開いたところで立ちどまった。彼女の視線はオースチンの後方に流れた。シドニー港を見ていたのだ。

オースチンは振りかえった。薄れゆく陽光のなかに、パワーボートが残した曲線の航跡が見えた。ボートは港を横切り、危険なほどフェリーに接近していた。叱責《しっせき》するような汽笛が鳴ったが、ボートは速度を落とさない。

すぐにその理由がわかった。黒っぽい塗装のヘリコプターが満員のフェリーの上空を一瞬にして過《よ》ぎり、海上の追跡行をつづけていた。

ボートは左へ右へと方向を変え、海面にS字を描きながら、のんびり走るヨットの際を回った。港内でそんな針路を取るのは、頭のおかしな男のしわざである。

「正気じゃないわ」ヘイリーがボートを眺めて言った。

オースチンはヘリコプターを観察した。ダークブルーのユーロコプター、EC145だった。無骨に丸い操縦室が前方に出ているせいで、機首が妙に詰まってホオジロザメの面を連想させる。回転する四枚ブレードのローターは白く濁り、短い円柱状の尾部には三叉《さんさ》の槍《やり》さながら、三枚の小ぶりの垂直安定板が立っていた。標識も航空灯も見えなかったが、開いた貨物口から光が放たれた。銃火だった。

オースチンは電話をつかんで九一一にダイアルした。反応がなかった。

ヘイリーが一歩前に出た。「撃ってる。あの人たちを殺そうとしてる」

「この国の緊急番号は?」

「ゼロ・ゼロ・ゼロ」

オースチンはそれを入力して〈通話〉ボタンを押した。電話がつながったとき、パワーボートは方向を変えてオペラハウスの真正面にいた。シドニー港に大桟橋《さんばし》のように突き出した円形の遊歩道に向かって全速力で疾走している。

遊歩道の大部分はコンクリート壁で囲まれているが、左側に水辺まで下る階段があった。ボートは一直線にそこをめざしていた。ヘリコプターは、狙撃手《そげきしゅ》に必殺の照準を用意すべく追跡をおこなっている。

貨物口がふたたび光った。

ボートが左に舵を切ると同時に、銃声が岸まで届いた。わずかに逸《そ》れた針路をもどすと、ボートは高速で階段に激突した。そしてジャンプ台から斜めに飛び出すスタントカー並みの角度で宙に浮いた。五〇フィートほど飛んだボートは、やがて側面から落ちた。

そのままコンクリートのデッキを滑っていき、街灯にぶつかって砕けた。粉々になったファイバーグラスが四散して、折れ曲がった街灯の電球が光を発して破裂した。

「救急です」電話越しに声がした。

オースチンは事故の衝撃に声が出なかった。

「もしもし？　こちら救急です」

めちゃめちゃになったボートの動きが止まったころ、ユーロコプターが頭上ですさまじい音をたてながらオペラハウスの屋根の先端をかすめた。

オースチンは電話をヘイリーに手渡した。「あとは頼む」と叫んで階段を降りていった。「警察、救急、州兵。何でもだ」

状況が把握できていなかったが、プラットフォームからはボートの残骸《ざんがい》にふたりが閉じこめられているのが見えたし、漏れた燃料の臭《にお》いがしていた。

下まで降りたオースチンはすこしの距離を走り、壁を飛び越えて遊歩道に着地した。つぶれたボートへと駆け寄るあいだに、回りつづけていたスクリューがコンクリートの歩道と接触した。火の粉の雨が降り注いだ。それが気化したガソリンに飛んで一気に燃えあがった。

この小さな爆発をきっかけに、漏れ出していた燃料に引火して炎の海が広がった。にもかかわらず、オースチンは走った。

一マイル離れたシドニー市外の四〇〇フィート上空で、ユーロコプターは急旋回した。

シートベルトを締めていたが、狙撃手は片手を突き出して身体を支えた。

「無茶するな」と叫んだ。

狙撃手はヘッケラー&コッホの長銃身のスナイパーライフルに、五〇発入り円盤型弾倉《ドラム》を装塡《そうてん》しようとしていた。外に放り出されるのだけはごめんだった。

「もう一度上空を通過する」とパイロットが返してきた。「確実に仕留めなければならない」

あれほどの激しい衝突で生き残る者がいるとは思えなかったが、そこに口をはさむのは狙撃手の本分ではない。ヘリコプターが水平飛行に移ったところでドラムの装塡はあきらめ、標準である一〇発入りのマガジンを銃に咬ませた。

「今度は揺らすなよ」狙撃手は念を押した「撃つには安定した足場が必要なんだ」

「了解」とパイロットは応じた。

狙撃手は開いたドアのほうへにじり寄ると、片脚を折りこみ、反対の脚をヘリのスキッドのすぐ上のステップに置いてバランスを取った。

旋回を終えたヘリコプターは、よりゆっくりとオペラハウスに接近していった。狙撃手はスライドを引き、発砲の準備にはいった。

オースチンが近づいたときには、粉砕されたボートは船尾まで炎に包まれていた。助手席で身体を折った男が脱出しようともがいていた。オースチンはその苦痛の声を無視して、男を舷側のほうに引きずりだした。

ボートから五〇フィート離れた場所に負傷者を横たえたオースチンは、奇妙に丸まった男の手指に気づいた。操縦士を助けにもどりながらも、その奇妙な光景が頭から離れなかった。

刺激臭の強い煙をかき分けてボートに這い登ると、すでに火は操縦士の背に迫っていた。

男を上に引きあげようにも、つぶれた操縦パネルにはさまれて動かない。

「おれはいい」と男は叫んだ。「パノスを助けてくれ」

「きみの乗客のことなら、彼はもう安全だ」オースチンは叫びかえした。「さあ、手伝ってくれ」

力を込める男を引っぱっても、つぶされたパネルががっちり食いこんでいた。梃子《てこ》にするものが必要だった。オースチンは、船首の残骸のなかから銛《もり》のような鉤竿《かぎざお》をつかみ出し、操縦士と船体の隙間《すきま》に差しこんだ。

そこに全体重をかけ、操縦士とパネルの間にスペースをつくった。「いまだ！」と叫んだ。

男は首を振った。「むりだ。なにも感じな――」

不意に操縦士の首が後ろに跳ね、ダッシュボードに血が飛び散った。煙が勢いを増して渦を巻き、燃えさかる炎が思いがけない方向に揺らめいたと思うと、ヘリコプターの吹き下ろしに見舞われた。

操縦士が死んで、次は自分だと察したオースチンはボートの舷側越しに身を投げ、地面を転がった。

弾除《たまよ》けを求めて駆ける彼の左右を銃弾が穿《うが》った。

煙に紛れると空を見あげた。ユーロコプターは上空六〇フィートでホバリングしていた。狙撃手が標的を探して、長い銃身を動かしている。やがてヘリコプターは左へ流れ、向きを変えた。

おそらく狙撃手は、遊歩道で足を引きずる乗客を見つけたのだ。遠慮なく銃火を開いた。

男のまわりで跳ねた銃弾は、ついに目標を見つけて哀れな人間に膝をつかせた。狙撃手が男の息の根を止める寸前、もうひとりの見物人が飛び込んできた。ヘイリーだった。ヘイリーは足がもつれる男を、大きなコンクリートのプランターの陰に連れこんだ。

狙撃手はふたたび発砲をはじめた。弾丸がコンクリートを削り、土くれを弾いた。しかしプランターは巨大な土嚢《どのう》も同然だった。弾がその厚みを貫通することはなかった。

ヘリコプターが横方向に動きだした。数秒後には狙撃手にとって絶好の位置になる。

オースチンはあらためて鉤竿を手にした。いまや竿の先端は燃えていた。その中央付近をしっかり握って助走をとり、槍投げの要領で擲《なげう》った。

側面をさらすヘリコプターの貨物口に向けて、火のついた槍が赤外線追尾式ミサイルのごとく飛んだ。

それは目標の中央を捉えた。狙撃手をきわどく外したものの、キャビン内に火がついた。じきにヘリコプターの側面から煙が湧《わ》き出した。狙撃手の身体から火が噴くのが見えたが、命中したのが燃料タンクか酸素ホースかは推測するほかなかった。

旋回しはじめたヘリコプターの内部がオレンジ色に染まった。一瞬、機体を立てなおして、そのまま港の上空を飛んでいくようなそぶりを見せた。ところが旋回の角度が狭くなり、ヘリコプターはコンサートホールの方向へ振れるようにもどっていった。その時点でキャビン内部は業火に焼かれ、あらゆる方向から煙が噴出していた。

炎上し、それも加速しながら降下したユーロコプターはかの有名なコンサートホールのガラスに突っ込み、高さ五〇フィートの窓を粉々に砕いた。衝突による破片は内側に飛散し、その他の部分は巨大なガラス板ごと落下し、爆発したように数万の礫《つぶて》と化した。

墜落したヘリコプターのローターは外れ、そのハブが紐《ひも》の切れた芝刈り機さながらに回転し、すさまじい音とともに地面を直撃した。小さな灼熱《しゃくねつ》地獄の中心には、もはや識別できるものはなかった。

救急班が続々到着していた。警官の一団が駆けつけた。消防車も来た。オペラハウスの職員が消火器を持って走り出てきた。壁の支柱から消防用ホースを引き出す者たちもいた。

それがヘリコプターの乗員の助けにならないことは明らかだった。あの炎から脱出できる者はいない。

オースチンは、ヘイリーとボートで唯一の生存者のところへ行った。男はヘイリーの腕に抱かれていた。ヘイリーの白いドレスは男の血でぐっしょり濡れている。彼女は二カ所の銃創から噴き出す血を止めようと必死になっていった。

それは勝ち目のない戦いだった。銃弾二発が男の背中から胸を貫いていた。

オースチンはしゃがんで、傷口を押さえる彼女に手を貸した。「あなたがパノス?」と訊ねた。

瞬間、男の目があたりをさまよった。

「パノスなのか⁉」

男は弱々しくうなずいた。

「あなたを撃った連中は誰なんだ?」

それにたいする答えはなかった。返ってきたのは虚《うつ》ろな目つきだけ。

オースチンは顔を上げた。「こっちで救援を頼む!」救急隊を探して叫んだ。

二人組が走ってきたが救急隊員ではなかった。私服警官を思わせる彼らは、オースチンの視線に足を止めた。

「約束のものを……持ってきた」血を流している男の話し方からすると、ギリシャ人かもしれない。

「何の話だ？」とオースチンは訊いた。

男は唸《うな》るように何かをつぶやくと、ふるえる手を伸ばした。そこには血にまみれた数枚の紙片が握られていた。

「タルタロス」そう言った男の声はか細く揺れていた。「タルタロスの……心臓」

オースチンは紙を手に取った。そこには奇怪な符号や渦巻く線、計算式のようなものがぎっしり書きこまれていた。

「これは何だ？」

男は説明しようと口を開いたが、声は出なかった。

「しっかりして」とヘイリーが叫んだ。

男に反応がなく、ヘイリーは心肺蘇生《CPR》法をはじめた。「死なせるわけにはいかない」

オースチンは脈を探った。なにも感じなかった。「手遅れだ」

「いいえ、まだよ」ヘイリーは男の胸をすばやく押して蘇生をこころみた。

オースチンはそれを制止した。「無駄だ、出血多量だ」

オースチンを見あげる顔は煤《すす》と涙に汚れて、白いドレスが紅《あか》く染まっていた。

「残念だ、きみはよくやった」

背を向けて座りこんだヘイリーは憔悴《しようすい》しているようだった。うつむいた顔に髪の毛がはらりと落ちた。すすり泣きに身がふるえていた。

オースチンは彼女の肩に手を置き、周囲の惨状に見入った。

遊歩道に乗りあげたボートの残骸にはまだ火が残っていたし、ユーロコプターの機体は、コンサートホールのファサードがあったはずの場所で燃えさかっていた。ボランティアがそこにホースで注水して、建物への延焼を防ごうと躍起になっている。水中採鉱に関する基調講演から流れ出してきた人々は、唖然《あぜん》と見守る者、反対方向へ小走りに移動する者が半々だった。

すべてはあっという間に起きた。どこからともなく混乱《カオス》が降りかかってきた。そしてその訳を知っていたであろう唯一の男は、目の前で息絶えた。

「何て言ったの?」ヘイリーが涙を拭《ふ》きながら訊いた。「彼はあなたに何を言った?」

「タルタロス」

ヘイリーは目を見開いた。「それはどういう意味?」

男の言葉を正確に聞き取れたのか、オースチンには自信がなかった。もし正確だったにしても、それは意味をなさない。

「ギリシャ神話に出てくる言葉。奈落の底にある幽閉所だ。『イリアス』によれば、地上から天国までの距離と同じだけ、冥界《めいかい》ハデスから下に離れてる」

「彼は何を言おうとしていたのかしら?」

「わからない」オースチンは肩をすくめて紙片を差し出した。「もしかして、そこへ行くつもりだったのか。あるいは」彼は哀れな男にこびりついた汚れと埃と悪臭のことを思って言い添えた。「そこから来たのか」

4

赤と青のライトが、重なる船の帆を模したオペラハウスの特徴的な外観を照らし、スポットライトのまばゆい白光が、パワーボートの残骸と紺色のヘリコプターの黒焦げの機体を浮かびあがらせていた。ボートもヘリも激突したその場所で、再発火しないように消防車から泡消火剤を浴びせられて燻《くす》ぶっている。

派手な見世物に引かれて、陸から海から野次馬が集まってきた。警察が張った規制線とバリケードのせいで陸の野次馬たちは近づけなかったが、港には一〇〇隻《せき》以上の小型船舶が押し寄せた。暗い海でカメラとフラッシュが蛍のように瞬《またた》いた。

オーストラリア保安情報機構《ASIO》のセシル・ブラッドショーは、扉の陰からこの損害を招いた張本人をじっくり観察した。

部下が調査書類を手渡してきた。

「こんなに厚いのか」とブラッドショーは言った。「重要部分だけでいい。あの男の切り抜き全部をくれとは言ってない」

ブラッドショーは五十代なかばのがっしりした男だった。杭《くい》打ち機のような腕に太い首、短く刈った頭。たとえて言うなら巨大な人間ブルドッグ。本人もその気になっていたりする。〝おれの側につくか、道を空けるか〟が口癖だった。

部下がすかさず切りかえした。「それが重要部分なんです。お望みなら、もうあと五〇ページをプリントアウトします」

ブラッドショーは唸るように返事をしてファイルを開いた。手早くページを繰りながら、アメリカの組織NUMAのミスター・カート・オースチンについて、ASIOが握る情報を頭に入れていった。オースチンの活動記録は、手に汗握る冒険小説のシリーズを読むようなものだった。それ以前にはCIAで華々しく活躍していたらしい。

いったい、どんな運命の巡り合わせがこの瞬間のこの場所にオースチンを呼び寄せたのか、ブラッドショーには想像もつかなかった。だが、これこそASIOが喉《のど》から手が出るほど求めていた好機かもしれない。

オースチンならやるかもしれない、とブラッドショーはひそかに思った。みごとにやってのけるかもしれない。

「やつから目を離すな」と彼は命じた。「ファイルにあるとおりの切れ者なら、すぐにミズ・アンダーソンから情報を引き出そうとするだろう。そしたらふたりを連れてこい」

「どうしてそんなことをするんですか？」

ブラッドショーは目を剝いた。「おまえはおれが知らないうちに昇進したか？」

「いや……そんな」

「馬鹿《ばか》な質問ばかりしてると、一生うだつが上がらないままだぞ」

ブラッドショーはそう言うなり、捜査官の手にファイルを叩きつけて通路を歩いていった。


広場のむこう側で、オースチンはヘイリーのそばに座っていた。救急隊員はヘイリーが負った擦《す》り傷を手当てしてから、ふたりのショック状態を確かめた。

この処置の最中にシドニー市警の上級刑事が現われ、事件について厳しく追及してきた。何か見たか？　何か聞いたか？　なぜあんな行動に出たのか？

「あの被害を見ろ」警部はコンサートホールの破壊された外観を指さした。「人がいなくて幸運だった」

たしかに、その点に関しては非常に運がよかった。だがオースチンは、ああするしかなかったとも感じていた。「じゃあ、連中に銃撃させておけばよかったんですか？」

「というか……しかるべき戦術班の到着を建物内で待っていてほしかった」

そこはオースチンも理解できた。警察とて、訓練を受けた個人の集団である。〃プロにまかせろ〟と言われればよろこんで従いたいところだが、あいにくそんな状況になったためしがない。しかも、現場には別のプロフェッショナルがいたような気がする。

「次はそうしましょう」

「次だって？」警部はつぶやくと頭を振ってノートを閉じ、他の目撃者の事情聴取に向かった。

ふたりだけになって、オースチンはヘイリーのことを見つめた。「きみは勇敢な女性だ」

彼女は静かに首を振った。「そうじゃない。わたしはただ……いえ、なんでもない」

「弾丸が飛び交うなかを走って、見も知らない男性を助けにいった。それが勇敢という言葉の意味さ」

「だったら、あなたも」

「まあね。でも、あのヘリコプターとは関係がない気がするな。きみは銃撃されているその最中に、あの男性をプランターの後ろに引きずりこんだんだ」

ヘイリーは目をそらした。顔は水で濡らした布で拭かれていたが、ドレスは破れて血にまみれていた。犠牲者の血に。

「助けたい一心で」

そこにははっきりと悲しみがあった。見知らぬ男にたいして、有り余るほどの悔恨が。

「いつから待っていた？」とオースチンは訊いた。

「なんの話？」

「きみはここにひとりで座っていた。ぼくが顔を出すなり、なかに連れもどそうとした。ボートの友人たちと接触するつもりだったから、ぼくに邪魔されたくなかったんだろう。彼らが公共の場を選んだのは、おそらく安全を考えてのことだった。きみは今夜のレセプションに黒かグレイをまとう人々のなかで、目につきやすいように白いドレスを着た。壁際のここに座っていれば、近づいてくる相手がすぐにわかる」

ヘイリーは無理に頰笑《ほほえ》もうとした。

「あなたは頭を強く打ったのかしら、でなければ想像力がたくましいのね。わたしは会議でここに来た。マルドゥーン夫妻とは昔から家族ぐるみの付き合いなの。白を選んだのは目立ちたかったし、いまは夏で、今年は白が流行だって聞いたから」

オースチンは肩をすくめて顔をそむけた。「きみの言うとおりかもしれない。想像力を働かせすぎたかな。でも、書類がどうなったのかは教えてもらう」

「何の書類？」

「死んだ友人が、息を引き取る間際に握りしめていた血染めの紙だ。警察はそのことを訊かなかった。ぼくとぼくのたくましい想像力は、警察が到着するまえに、誰かがそれを紛失したんじゃないかと考えている。こっちに走ってきて、もう手遅れだと知って足を止めたスーツ姿の二人組に渡したんじゃないかってね」

作り笑いが消え、それが驚きと、涙をこぼさんばかりの表情に取って代わった。オースチンはヘイリーの手が伸びてくるのを感じた。「わたしは――」

彼女が何かを口にする暇もあらばこそ、ダークスーツの若い男がひとり、近くの階段に姿を現わした。上着の下にショルダーホルスターの膨らみと、右耳のイアフォンが見てとれた。

「よりによって、このタイミングか」とオースチンはつぶやいた。

男はそれを無視した。「ミズ・アンダーソン、ミスター・オースチン、ご同行ねがいます」

ヘイリーはその誘いに、オースチンから問い糺《ただ》されたときと変わらない苦い表情を浮かべたまま、素直に立ちあがった。オースチンもそれに従った。

二分後、彼らは損害を受けなかった建物内にいた。事故の際に駆け寄ってこようとした男がふたりを会議室に導いた。

オースチンはヘイリーの後から室内にはいった。そこでは男ふたりと女ひとりがテーブルを囲むように立ち、血染めの紙を調べていた。手袋をはめ、ピンセットを使っていた彼らのひとりが、紫外線ライトの下で写真を撮っているらしかった。離れた隅で、別の女がラップトップのキーボードを叩いている。

「そこにはなにもない」その女が、オースチンとヘイリーが入室するまえに投げられた問いに答えた。「次の行をおねがい」

オースチンとヘイリーの姿に、彼らは動きを止めた。

テーブルの上座に、シャツの袖《そで》をまくりあげた、クルーカットのがっちりした体軀《たいく》の男が立っていた。「席をはずせ」と男は唸るように言った。

こいつがボスか、とオースチンは踏んだ。機嫌がよさそうには見えない。

ほかの面々が、作業の手を止めてひとりずつ退出していった。最後のひとりがドアを閉めた。

「大丈夫か？」たくましい身体つきの男がヘイリーに問いかけた。

「いいえ、大丈夫じゃない」と彼女は答えた。「わたしの目の前で人が殺されたのよ。こんなことにはならないって、あなたは言ったわ」

「これっきりのつもりだったんだがね」

オースチンの推測は当たっていた。なんらかの接触計画が進行中なのだが、ヘイリーの態度からすると、彼女は工作員ではなさそうだ。

「無礼な真似《まね》はしたくないが」オースチンは口を開いた。「どなたか、このぼんくらな外国人に事情を説明してくれないだろうか？」

ボスの男がオースチンに向きなおった。「あなたは自分から火のなかに飛び込んだんですよ、ミスター・オースチン」

「なぜかそんなことがよく起きるんです」

「まあ、いまさら驚きはしませんよ。あなたのファイルを拝見してね。トラブルのほうであなたを捜し出すらしい。さもなくば、あなたのほうから捜しにいく」

「ぼくのファイルを？　なぜぼくのファイルをお持ちなのかな？」

「それは私がＡＳＩＯ、オーストラリア保安情報機構のテロ対策局副局長、セシル・ブラッドショーだから。そしてあなたこそ、国立海中海洋機関の勝手気ままな一員にしてＣＩＡの元特技官だから」

「勝手気まま以外はすべて同意しよう。こっちには休暇で来たんだ」

ブラッドショーは、信じられないという顔をした。「本当に？　われわれが長年取り組んできた最高機密の作戦の真っ最中に、偶然あなたが休暇でやってくるなんて」

たしかに自分の経歴を思えば、そんなふうに見えても致し方ないところはある。

「タイミングが悪かった」とオースチンは強調した。「ぼくはスパイでもなんでもない。海洋エンジニアで、ＮＵＭＡの特別出動班班長だ。たまに窮地に陥ることはあっても、普段は研究開発に従事している。ＣＩＡでも、仕事はほとんどがサルベージ。沈没船の引き揚げだった。船内から重要な物を回収したり、他人にそれをされないように爆破したり。それもずいぶん昔の話でね」

「ファイルにもそう書いてあったが」とブラッドショーが応じた。

「とにかく、こちらに来たのは会議に出席するためだ。それが終わったらサーフィンとダイビングをやって、フォスター・ビールで喉を潤すつもりだった。でも、ぼくは人が焼け死んだり撃たれたりするのを、指をくわえて眺めることはしない。それで巻きこまれたんだ」

思案顔のブラッドショーだったが、その実、オースチンの行動を評価していたのだろう。切り出した口調は若干和らいだが、それでも表情は厳しいままだった。

「いいだろう、オースチン、すこし手綱《たづな》をゆるめよう。目撃したことをそこらで触れまわるほど馬鹿じゃないだろうしな。でも、口を閉じておけないなら、文明から遠く《ブラック》離れた地の果て《スタンプ》のさらに奥地に、オーブン並みに居心地のいい刑務所がある。そこで自分のしでかしたことを思う存分振りかえってもらう」

ブラックスタンプの正確な場所は知らなかったが、はるか彼方《かなた》にあるらしい。シベリアぐらい、ただし暑さは格別。

「手順は憶えてるよ」とオースチンは言った。「何かに署名させる？ 催眠術をかけてこれまでのことを忘れさせる？ それでもいい。ただ出口さえ教えてくれれば、こっちは当初の計画どおりビーチへ向かう。でも足もとの水漏れは確かめておいたほうがいいな。きみたちのささやかな会合が他人に知られていたわけだから」

ヘイリーとブラッドショーが視線を交わした。ふたりの間で暗黙のやりとりがあった。

ブラッドショーはオースチンに向きなおった。「ありえない」したり顔でそう言うと話題を変えた。「だが、せっかくだから、専門家としてのご意見を拝聴しよう」

「何について？」

「まずは死んだ男の最期の言葉。〈タルタロス〉。何か思い当たるふしは？」

オースチンは室内の配置にあらためて目をやった。大量の情報を処理できる設備。最低三名のアナリストにブラッドショー。彼らが何を求めているにせよ、それは近いうちにやってくる。まもなく。

「ヘイリーに話したことだけだ」

「目下、われわれが対処しているのは、オーストラリアの国家安全保障を脅かすものだ」とブラッドショーは述べた。「その脅威は他国にもおよぶかもしれない。連絡員が四名死亡し、今回の事件のまえに二名を失った。その一名の情報をもとに、われわれは風変わりな採鉱機材を満載した船舶を発見した。タルタロスは地下の奥底だと言ったな」

「そう。『ギリシャ神話』に出てくる」

オースチンはラップトップが置かれたデスクに視線を投げた。「ご存じだとは思うが、そこは神話の神々の幽閉所だ。しかし、念のために申しあげておくと実在はしない。あの男が伝えようとしていたことは、文字どおりの意味だとは思えない。タルタロスは何かを指す暗号か符牒《ふちょう》だ。おそらく、彼があなたがたに渡した書類と関係している」

ブラッドショーはしばし考えこむと、オースチンを会議用テーブルのほうへ誘った。「あんたはエンジニアを名乗ってる。これは私の目には模式図に映るんだが。あんたが見て、何か目につく点はないか？」

オースチンは例の謎の書類を眺めた。紙は血に染まり、文字は不明瞭《ふめいりょう》でところどころ汚れている。読める部分もまったく意味が通じない。見たことのない記号を使った複雑な方程式が並んでいた。二枚めは明らかに模式図の一部だったが、円形のドームらしき物体が描いてある。

「残念ながら」とオースチンは答えた。初めの予想とは裏腹に、目の前の混沌《こんとん》とした図式を解明する言葉のひとつも浮かんでこなかった。

「ボートは？」とブラッドショーが訊ねた。「炎上するまえに何か見なかったかね？　バックパックとか。スーツケースとか。コンピュータとか？」

「それを持ってくる予定になっていたとか？」

「質問に答えたまえ」

「いや、それらしきものは見なかった」

「操縦士は？」

オースチンの記憶が、遊歩道の場面に遡《さかのぼ》っていった。「自分はいいから、この男を助けてくれと言った。男のことをパノスと呼んでいた」

「それだけか？」

「長い会話はしなかったから」

ヘイリーが悲しげに目をそらし、ブラッドショーは落胆の溜息《ためいき》をついた。「いや、大いに役に立った」と皮肉たっぷりに言った。

「彼はわたしの命の恩人よ」とヘイリーが釘《くぎ》をさした。

「そうだったな」ブラッドショーの声に初めて謙虚な響きがにじんだ。彼はドアに近寄った。「数々の無礼をお詫《わ》びする、ミスター・オースチン、とにかくひどい一日だったものでね。楽しい休暇を」

「ちょっと待った」とオースチンは言った。

脳内で事故までの記憶が巻きもどされていった。船内にはトランクなど目を惹《ひ》くものはなかったが、ボートから引きずりだそうとしたパノスが苦痛に身悶《みもだ》えしたのは憶えている。その指が奇妙に縮こまったパノスは、もがくような歩き方をした。ボートから逃げるときの、腰の曲がったあの姿勢はどこか不自然だった。なんとなく馴染《なじ》みもあった。あの歩き方をまえにも見たことがある。

「あの男はあなたたちの情報提供者なのか？」

話そうとしたヘイリーを、ブラッドショーが止めた。

「さあ」オースチンは迫った。「ぼくの助けが要るのか要らないのか」

「死んだ男たちは内通者だった」ブラッドショーがしぶしぶ言った。「われわれにあるものを届けることになっていた」

「彼らがどこから来たか知っているのか？」

ブラッドショーは首を振った。「知ってたら、こんな愉快な会話をする必要はないだろう」

「だったら、まずは水中を捜索することを勧める。あの男はＤＣＳに苦しんでいたから」

「ＤＣＳ？」

「減圧症のことだ。関節に窒素の気泡が溜《た》まる。すさまじい痛みを惹き起こし、腰が曲がる――歩けたとしてもそうなる。深海に長時間潜り、所定の時間をかけずに浮上すると発症する。通常の治療としては一〇〇パーセントの酸素をあたえ、高圧室に入れてガスを抜くしかない。しかし、あの男がどこから来たにしても、減圧する余裕がなかったんだろう。命からがら逃げてるときに、それをやるのは大変だ」

ブラッドショーは鼻で笑いそうになった。「事故に遭って、シートベルトもヘルメットもなしでスタントマンを演じたんだからな。きっと船が壊れて怪我《けが》したんだろう」

「彼は脚を痛めてたわけじゃない」とオースチンは指摘した。「身体の片側をかばってはいなかった。ノートルダムのせむし男のように前かがみで、背筋を伸ばすことができなかった。あれは俗に〝ベンズ〟と呼ばれる潜水病の典型的な症状だ」

オースチンのこの推測に、ブラッドショーは考えこんでいる様子だった。やがて歯の間から息を吸いこむと首を振った。「悪くない推理だが、あんたが間違っている証拠がこれだ」

彼は血まみれの書類に付着した赤茶色の汚れを示した。それはライトの下で奇妙な光を発していた。

「彼はこいつに覆われていた。頭から爪先《つまさき》まで、衣類もくまなく。死んで発見された以前の内通者もそうだった」

「その正体は？」

「古土壌という土の一種でね。オーストラリアの奥地《アウトバック》でよく見られる。水中で見つかったことはない。それがまえの男のものと一致するなら、微量のマンガンとヒ素をふくむ重金属と多様な毒素の混合物だ。つまり、あの男たちはどこかの砂漠で活動していたことになる。水のなかじゃなく」

「湖にいて、そこから出たあとに汚れたのかもしれない」

「アウトバックへ行ったことはあるか？」とブラッドショーは訊いた。「あのあたりの湖はたいがい一時湖でね。雨季の最中でも——ちなみに、いまはその季節じゃないが——浅くて広い。あんたの国のグレートソルトレイクみたいに」

オースチンは言葉を探していた。「何と言っていいかわからないんだが、ぼくの名誉を賭《か》けてもいい。あの男は水深のあるところから、大きな圧力にさらされた場所から上がってきたんだ」

「ご意見に感謝する」とブラッドショーは応じた。「かならず確認しよう」

彼は片手を出口に差し向けた。

「これは出ていけってことなんだな」

ヘイリーも一緒にそこを出たそうにしていた。彼女にたいするオースチンの印象は変わっていた。さしずめ、囚われの姫君。ブラッドショーとはどんな関係なのか、またもや興味がもたげてきた。

「さようなら」ヘイリーは寂しそうにささやいた。「ありがとう」

オースチンはこれが最後にならないことを願っていた。そこをほのめかしたら、ブラッドショーは苛立《いらだ》つだろう。一挙両得だった。

「また会うときまで」オースチンはそう言うと、ヘイリーとブラッドショーを後に残し、ドアを出ていった。

5

事故から二時間後、オースチンはインターコンチネンタルホテルのスイートにいた。シャワーを浴びてからNUMA本部に長いeメールを送り、スコッチを一杯飲んでベッドに潜りこんだ。

四〇分が過ぎても目は冴《さ》えたままで、彼は天井を見つめてエアコンの低い音を聞いていた。頭のなかで一連の出来事がエンドレスに再生されていた。そのうち疑問が次から次へと湧いてきた。

ASIOは何をたくらんでいるのか。砂塵《さじん》にまみれた男が、なぜ減圧症にもかかるのか。そしてヘイリー・アンダーソンの役回りはどこにあるのか。自らの意志であの場にいたようだが、それで納得している雰囲気はなかった。

もう関わるなという心の声が聞こえてきても、それができない。

サイドテーブルに目をやった。目覚まし時計の明るい文字盤をタオルで覆い、光を遮断しておいたのだが、傍らにはドクサの腕時計があった。それを取りあげて見ると、光る針が午前二時近くを指していた。

オースチンはカバーをはねのけ、ベッドを出てデスクへ行った。眠ることはできなくても、何らかの答えは見つけられるかもしれない。

ラップトップを開き、コンピュータが起動する間に水を飲んだ。ASIOをインターネットで検索すると、おびただしい数の記事が出てきた。秘密作戦のリストが見つかるとは期待していないが、組織の関わりを示唆するものはあるかもしれない。たとえ曖昧《あいまい》でも、結論に導く材料になるような何かが。

収穫がないまま、オースチンはヘイリーのことを思った。

「きみは何者だ、ミズ・アンダーソン?」とつぶやいた。「そして何に巻きこまれた?」

グーグル検索をかけると、大量のリンクが現われた。

驚いたことに、ヘイリーは学者だった。シドニー大学に終身在職権を持つ理論物理学者で、理解不能なタイトルの論文を多数著していた。それより読みやすい記事には、オックスフォード大学からの招聘《しようへい》を断わったと書いてあった。また別の記事で、彼女は重力に関する事柄と、アインシュタインの重力の理解が誤っている理由を説いていた。

オースチンはグラスにスコッチを注いだ。混乱が増していた。アインシュタインの誤りを証明できる若い女性が、テロ捜査のただなかでいったい何をしていたのか。

その疑問にたいする答えも、彼女とＡＳＩＯの表向きの関係もわからずじまいで、オースチンは死んだ内通者に関心を向けた。

あの男が減圧症にかかっていたことは間違いない。問題はどこでかかったかである。かつてＤＣＳはケーソン病と呼ばれた。その名称は、長大な橋の基礎構造物の建設に使われる、加圧したケーソン内で働いていた建設作業員が罹患《りかん》したことに由来する。しかし、多くはスキューバダイバーに見られる病気だった。

死んだパノスは、ボートでシドニー湾を疾走してきた。そのことも、彼がダイビングをした可能性を示している。だが、彼が着ていたのはウェットスーツではなく、垢《あか》じみた街着だったし、潮の香りどころか着の身着のままの汗の臭いがした。そこに採鉱との関連性と、テロリストグループがアウトバックで活動しているというＡＳＩＯの情報を加味すると、オースチンの仮説は分が悪くなる。

彼はオーストラリア国内にある湖の一覧表を見つけ、それを慎重に調べていった。ブラッドショーが主張したとおり、そのほとんどはごく浅いか、夏季には完全に干上がってしまう一時湖であるらしい。

「ベンズになるような場所じゃないな」

彼はリストをあきらめ、オーストラリアの衛星画像を見はじめた。シドニーから西の乾燥地帯へと進めていくと、あっという間に不毛な環境へ変わっていく様子がはっきりわかった。ときどき、緑色の土地を横切った。

大河や小川が流れるアメリカ南西部やエジプトのナイル川流域のように、その周辺で植物が生長していた。水は一年じゅう流れていないとしても、地下水が溜まっていることがある。しかし、その水は、人間が泳ぐことのできる秘密の湖ではなく、透過性のある砂と帯水層のなかに閉じこめられる。たとえ湖が見つかったとしても、男の皮膚に付着していた毒素については説明できない。

コンピュータを切ろうとして、タッチパッドを使いながらしばらく地図を眺めていると、奇妙な色の点が目に留まった。〈ズームイン〉のコマンドを数回タップして待った。

ぼやけた地図の焦点がふたたび合い、玉虫色の地点が画面の四分の一に拡大した。目にしていたのはある湖だった。虹色《にじいろ》に光る湖は、自然界に存在するどんなものよりも明るく輝いている。

オースチンは即座にその正体を見抜いた。すると、パズルのピースがひとつにまとまった。湖が異常なほど色鮮やかな原因が、そして内通者が減圧症になり、かつ全身が有毒な重金属に覆われていた理由が判明した。

自分とブラッドショーと、両者とも正しかったようだ。

彼は電話に手を伸ばし、暗記している番号をダイアルして応答を待った。

「出てくれ、ジョー」とひとりごちた。

回線にカチッと音がした。

「もしもし」アメリカ人の眠そうな声が聞こえた。

ジョー・ザバーラはオースチンの親友にして、最も忠実で信頼できる盟友だった。〝共犯者〟という言葉がぴったりかもしれない。

「ケアンズの女性たちのせいで、お疲れじゃないといいんだが」とオースチンは言った。「おまえの力を借りたくてね」

回線からあくびの声が伝わってきた。「ひとつ訊いておく。それは危険か違法か、または肉体に深刻な損傷をもたらしかねないことか？」

「ちがうと言えば信じるか？」

「たぶん信じない」とザバーラは答えた。「とくに、あんたがそっちでやってることを考えると」

「知ってるのか？」

「本部からメッセージが来てね。それはそうと、あんたのニュースでもちきりだ。CNNが、シドニーで〝無名のアメリカ人〟が会場《ハウス》を揺るがしたって報道してる」

「うまいことを言うな」とオースチンは言った。「〈一八一二年序曲〉の演奏がなくて残念だったよ。熱い喝采《かっさい》が来ただろうな」

「会議は退屈だって言ってたけど」

「それが間違いだったらしい。で、お楽しみに参加するのかしないのか？」

「そうだな。あしたはグレートバリアリーフ・プロジェクトの一環で、記者たちとケアンズの五年生の優等クラスに、うちの新型ダイビング・スピーダーをお披露目《ひろめ》することになってる。でも、どうせ似たような質問のくりかえしだから、そっちと運命を共にするほうがましかな。何をしてほしい？」

「スピーダーは試験済みか？」

「本日おこなった」

「すばらしい。そいつを梱包《こんぽう》して空港に持ってきてくれ。飛行機をチャーターしておく」

「なるほど。で、あいつで何をする？」

「直感に従って行動するのみ」

「あんただって電話はできるんだ。オージーたちにまかせろよ」

「名案があればいいんだが、連中との会話は最後までまったく嚙《か》みあわなかった。言葉じゃなく態度で示すしかなさそうだ」

「よくある話だ」とザバーラは言った。「それで、結局おれたちはどこへ行く？」

「まだはっきりしない。でも、空港に着くまでに決めておく。現地で会おう」

「せいぜい当てにしてくれ。では、あした《アスタマニャーナ》、アミーゴ」

電話を切ろうとしたザバーラに、オースチンがまた言った。「もうひとつ。この件はおまえのソンブレロの下に隠しておいてくれ。ＮＵＭＡの承認を得た作戦ってわけじゃない」

6

ヤンコ・ミンコソヴィッチは、八角形の部屋の中央に立っていた。照明は薄暗く控えめで、室内の空気は摂氏一〇度以下に冷えている。にもかかわらず、ヤンコは汗をかいていた。ほぼ一〇〇パーセントに保たれた室内の湿度もさることながら、本当の理由は恐怖と不安にあった。

自制しようと努めてはみるものの、静寂のなかに立つ時間が長びくほど心は乱れた。この部屋に呼ばれた者はみな、大きな戦慄《せんりつ》をおぼえた。彼らの主人はここに住んでいる。この場所から独裁者のごとく支配し、裁判官のごとく判決を下す。

ヤンコは誰よりもそのことを知っていた。大勢の人間を本人の意志もかまわずここに連れてきて、やがてむごい懲罰や死刑を宣告された彼らをこの場から連れ出した張本人なのである。

背後には警備の二名が立っていた。その腕に短銃身のアメリカ製M‐16ライフルを抱えている。

言ってみれば、その二名はヤンコの部下だった。なにしろ、ヤンコは警備隊長なのだ。彼はそちらを見ないようにした。部下たちは援護のために控えているのではない。ヤンコを連行せよという命令を受けたのである。

その三人の向かいに、窓外の闇を見つめる主人がいた。「ヤンコ、おまえのいちばんの職務とは何だ？」

堂々とした体格の男は背を向けたまま話しかけた。その声に奇妙に掠《かす》れた音が交じっている。焼けて傷ついた声帯のせいだった。

「ご承知のとおり、私は警備隊長です」とヤンコは答えた。

「では最近起きた事象を踏まえて、自分の手腕をどう評価する？」

マクシミリアン・セロが振り向いた。ヤンコは男の首から顔にかけて走る、例の火傷《やけど》の傷痕《きずあと》を目にした。唯一見ることができる唇は、すさまじい火災によるものと思われる瘢痕《はんこん》でねじれている。鼻と両目、右耳その他の部分は黒いラテックス製のマスクで隠されていた。マスクは醜い面相に蓋《ふた》をすると同時に、それを目《ま》の当たりにする者に恐怖心を植えつけた。マスクが他人との距離を隔てていた。そして人間離れした印象を彼にあたえた。あるいは、より人間らしい印象をもたらしているのかもしれない。

ヤンコには、どこか半神半人を見ているという思いがあった。何度となく――火災で、銃撃で、放射能で——死んだはずなのに生きている。この半神半人を失望させたくはなかったが、嘘《うそ》を口にすることはできない。ヤンコは勇を鼓《こ》して言った。

「われわれは危険にさらされています。わが計画は危うくなったかもしれません。手は尽くしましたが、目標を妨げようとした人物を見つけだすことができませんでした。失敗の責任はもっぱら私にあります」

「おまえは真実を語っている」とセロが言った。「なぜこんなことになった？」

「すべてのキーはダイブマスターが保管しています。パノスがどうやってエアロックにはいったのか説明ができません。ダイブマスターが嘘をついているのか、陰謀がくわだてられたのか。パノスや他の裏切り者にとどまらない陰謀です。しかし、それでもこの不可思議な事態については説明がつきません。今回突破された全区域に立ち入る権限を持つ人間はいません。監視の厳しさはご存じでしょう」

セロはうなずいた。柔らかいラテックスのマスクが、かすかな明かりを受けた。まるで信号を送受信しているかのように、マスクの上に光が踊った。

「パノスはここから連れ出された」とセロは言った。「それが意味するのはただひとつ、外部の支援があるのだ。われわれが俗世で信頼を置き、取引きしているいずれかの相手の」

ヤンコはそこに異論があったが黙っていた。

セロは姿勢を変えた。「私の難しい立場がわかるか、ヤンコ？　もはや誰も信用できない。ここでも島でも。とくに、ダイアモンドの次の積み出し準備ができたいまは。今回は最大の量だ。それなのに、この業務を任せられる男がいない」

「延期しましょう」とヤンコは提案した。

「ダイアモンドは長く置いておくだけ目がつけられる。積み出しをこれ以上遅らせるわけにはいかない。おまえが島にもどり、自分の手でやれ」

ヤンコの目が輝いた。「私がですか？」

「まずは他の連中を殺《や》る。これまでうちの仕事をした全員をだ。それから積荷を持って、バイヤーが待つジャカルタへ行くのだ」

ヤンコはわが耳を疑った。彼は拷問か死刑を覚悟してセロの執務室に来た。それが逆に栄誉ある任務を持ちかけられた。

チャンスには飛びつくべきだった。セロは移り気で、やけに気前がいいかと思うと、次の瞬間には残忍きわまりない人間に変わる。周囲はそこをわきまえ、セロが話の途中で不気味な間を置いたり、霧のなかに他人には見えない何かを探し求めるような、異様な表情を浮かべるのを恐れるようになっていた。妄想癖と権力は危険な組み合わせなのだ。

「仰せのとおりにします」ヤンコはきっぱりと言った。

「ここにいる護衛を連れていけ。島で会おう。私が行くときには、裏切り者たちの死体を並べておくように」

ヤンコは肩をそびやかして背後の男たちを一瞥《いちべつ》した。護衛たちは姿勢を正した。

「裏切り者は口を割り、そして死ぬ」ふたりが裏切ることはあるまいと思いながら、そう言った。とはいえ、自分が死ぬより彼らを殺すほうがはるかにいい。

ヤンコは踵《きびす》を返し、ふたりの護衛を直後に従えて部屋を出ていった。

セロはその場を動かず、錆びた鋼鉄の扉が閉まるのを見つめていた。沈黙したまま、この状況を検討した。ヤンコは信頼できる。ここで働くようになってずいぶん経つ。

背後の明かりの消えた一室に足音が聞こえた。セロが振りかえると、若い男が闇から現われた。金髪を短く刈ったほっそりした体形で、悲しげな疲れた目をしている。白衣姿だった。

「オーストラリア人はじきにここを見つけるよ」と若者は言った。「いまじゃなく。今後でもない」

「そうだな」セロは言った。

若者はセロの息子のジョージだった。セロの最新システム、すなわち地球を文字どおり根底から揺り動かす兵器の主任設計者でもある。

「そのとおりだ、息子よ。私にどうしろというのだ?」

「この研究所を維持する理由はない」とジョージは言った。「ここを出るべきだ。後始末はヤンコに任せて。それから、合流した彼に職務を遂行させればいい」

「しかし、この研究所はわれわれが追求する苦痛を生むのに役立っている」とセロは反論した。

「もうすぐ島のシステムが作動する。そうなったら、ぼくらは無敵だ。重要なものはすべてむこうに移動させよう」

「いつ稼働するんだ？」

「数日以内には」

「よくやった」セロの顔は誇りで輝いていた。「これまで多くの人間が失敗してきたことをおまえはやり遂げた。いまに、やつらがいかにのうのうと生きてきたかを世界に思い知らせてやる。われわれを疎《うと》んじた国に、その代償を払わせるんだ」

若者はふさぎこんだ様子だった。

「賛成しないのか？」

「システムが機能することを証明する、空間から無限のエネルギーを引き出せることを証明する。それだけで充分じゃないか。それと、そこにともなう富があれば」

「いや」セロは鋭く言い放った。「とんでもない。やつらはわれわれに何をした？私に？　おまえに？　やつらはすべてを盗んでいった。われわれを嘲《あざけ》り、おまえの姉を殺した。疫病の主であるかのようにわれわれを忌《い》み嫌い、死ぬと知っていながら見捨てた。この点で世界の全国家が共犯だ。われわれが助けてやれるすべての国がな」

　セロは声音を和らげた。ジョージはいつでも情け深かった。ジョージの姉はどちらかというと父親似だった。「おまえは寛大すぎる。私はそうはなれない。われわれが創り出した恵みの品は、やつらに渡すつもりはない。私の要求を呑まないかぎり」

　セロの息子が父を見あげた。不承不承うなずいた。

「システムは必ずテストが必要だよ」息子は父に念を押した。「微調整できなければ、夢は成就しないんだ」

「小規模なテストだけにしろ」とセロは言った。「行動開始時刻《ゼロ・アワー》まで、世界をかやの外に置いておくのだ」

7

ジョー・ザバーラはケアンズ空港の駐機場に立ち、持ち込んだスピーダーがパレットに固定され、待機中の飛行機へと牽引されていくのを眺めていた。身長五フィート一〇インチ、母から受け継いだ黒く煙るような瞳《ひとみ》、父譲りのミドル級ボクサー並みに引き締まった肉体を持つザバーラはエンジニアであり、人生を謳歌《おうか》する達人だった。

人生は楽しい、とりわけおれの人生は、とザバーラは思っていた。世界を股《また》にかけて冒険をし、面白い人たちと出会い、思いつくかぎり最高のマシンを組み立てる。高速ボートに実験用潜水艦しかり、ときには航空機や車も。現実離れした異郷で、好きな玩具《がんぐ》で遊んで金をもらっているようなものなのだ。

夢の仕事につく多くの人々とはちがい、ザバーラはそこを自覚していた。だからこそ笑みを絶やさず、軽やかな足取りを心がけているのだが、それがまた周囲に伝染していったりする。いまのところ、オースチンがチャーターした小型機の大柄な搭載責

台詞《せりふ》は、その男が積荷証券の明細をめくりながら発した台詞は、

任者にはまったく効果がなかった。

「これで合ってるわけがない」その男が積荷証券の明細をめくりながら発した
これで三回めだった。

ザバーラのダークスーツに白いシャツ、ピンクのネクタイという恰好《かっこう》は、NUMAの正式な活動にはならないとオースチンから聞いて自分なりに決めた変装である。

「どうにかならない？」悩める中間管理職といった調子で、ザバーラは言った。「載せるしかないでしょ。そういう指示なんだから。受け渡し地点まで商品に付き添えって」

搭載責任者は顔に皺を寄せ、陽光に目を細めた。「でも、積むのはダイビングギアと一人乗り潜水艦二隻なんだろう？」

「らしいね」

「砂漠のど真ん中まで？」

「そう？」ザバーラは知らんふりを決めこんだ。

大男のオーストラリア人はうなずいた。「アリススプリングズは内陸部にあるんだ。こいつはサハラ砂漠に運ぶようなもんだぞ」

ザバーラはへどもどしながら、「でも、これが二度あっても驚かないな。うちの会社のことだから。ちょっとイカレてるんだ」

男は溜息をつき、書類をザバーラに返した。「とにかく、ほかの貨物もあって重量がありすぎる。だいたい間違った荷を載せるのに、積んだのを半分も下ろすわけにいかない」

背を向けた男が、近づいてきた問題のパレットを止めようとするそばから、ザバーラは相手の肩に腕をまわし、なれなれしく身を寄せていった。

「いいから聞いてくれ」とザバーラは言った。「これは手違いだって、おれはわかってる。あんたも、これが手違いだってことはわかってる。でも、おれがこの荷物を直接持っていかないことには大騒ぎになるんだ」

ザバーラは豪ドル札の束、しめて五〇〇ドルを男の手に押しこんだ。「迷惑料だよ」と言って新しい友人の肩を叩いた。

搭載責任者はポーカーテーブルで手札を隠す男よろしく、手を下のほうに持っていって紙幣を数えた。その顔に笑みが広がった。大きな実入りがあった。

「まったく、時間の無駄だな」とぼやく口調は、それまでよりずっとおとなしかった。

「しかし、考えてみりゃ、おれたちがあれこれ詮索《せんさく》することもないか」

「まったく同感だ」とザバーラは言った。

責任者は係員に口笛で合図した。「ほかのパレットを下ろして、こいつを積み込んでくれ。急げよ。おれたちゃ時間給で働いてるんじゃないぞ」

地上勤務の係員が仕事にかかると、チャーター機会社の事務所から、若い女性がよく冷えた水のボトルを持ってきた。彼女の笑顔にはえくぼが浮かび、目がきらきら輝いていた。

「ありがとう」

「どういたしまして」

ザバーラは、ウィンクして身をひるがえす彼女の後を追っていきたい衝動と必死で闘った。

彼はその場でわが身を振りかえった。自分は普段から油まみれの現場仕事をやっている。指導者タイプだと思ったことは一度もない。だが日陰で冷たい水を飲みながら、重い荷が引き出されていき、強烈な朝の陽射しの下で整理しなおされているのを眺めるうち、それもひとつの選択肢だと思えてきた。

ザバーラはネクタイを直すと、笑顔の顧客サービス係にもう一度視線を送った。

「男ならこれに馴《な》れるのさ」

数時間後、一〇〇〇マイル離れた場所で、カート・オースチンは箱型のトラックの運転席にいた。小さなアリススプリングズ空港の滑走路のセンターライン上にCASA‐212が着地して、彼のほうにタキシングしてくる。

飛行機がゆっくり停止すると、オースチンはトラックのギアを入れて走らせた。地上のクルーが作業を開始する一方、オースチンは運転席を出て荷台に上がった。トラックの油圧装置を作動させ、荷台の先端を接地させて傾斜路のようにした。その位置で固定したところに、クルーがスピーダーを載せたパレットを運んできた。オースチンはパレットの前面にケーブルを結び、トラックのウインチで荷台に引き揚げた。それをしっかり固定すると荷台を水平にもどして地面に降りた。

やがて航空機のキャビンから、あつらえのスーツにサングラスという出立《いでた》ちのジョー・ザバーラがのんびり降りてきた。

「思ったより伊達男だな」とオースチンは言った。

「いまは経営陣なんでね。成功するには服装に気をつかわないと」

オースチンは含み笑いを洩らした。ザバーラは長年の友人である。NUMAで出会い、座って退屈するぐらいならなんでもやるという、気の合った同志だった。ふたりは厄介者、問題児の烙印《らくいん》を押され、この一年ほどはご無沙汰《ぶさた》だが、生涯で少なくとも二〇軒のバーから出入り禁止を申し渡されている。それでも、NUMAが活動している緊張と危険をともなう世界には、彼らほど冷静かつ着実に仕事をこなす人間はいない。

「ちなみに」とザバーラが言った。「五〇〇ドルの貸しだ」

オースチンはドアの前で足を止めた。「費目は？」

「こいつをここまで運ぶのに、潤滑剤が必要だった」

オースチンはドアを開き、運転席に乗りこんだ。「いまは経営陣なんだから。経費に計上しとけ」

ザバーラは反対側からトラックに乗った。「おれの経費を払うのはあんただよ。それはそうと、トラック一台分のダイビング器材を持って、からからに干上がったこの土地で何をやる気なのか、そろそろ教えてもらおうか」

「道々話そう」オースチンはそう言ってエンジンをかけた。「時間の節約だ」

トラックは空港を出て西へ行き、アリススプリングズから砂漠へと分け入った。ザバーラが服を着換える車中で、オースチンはシドニーで起きた事件、そしてヘイリー・アンダーソンとＡＳＩＯのセシル・ブラッドショーと奇妙な出会いを果たしたあたりから事情を説明していった。

「運び屋は赤い塵芥にまみれていた。服の繊維の目にそれが詰まっていた。ブラッドショーはそれを古土壌だと言った。とても古くて不毛で、アウトバックのこの辺にはよくあるものらしい。この土地がやせてる理由の半分はそのせいだ。死んだ男の皮膚には有毒な重金属も付着していた。よく鉱山で見つかるようなやつだ」

「やはりこの方角を示してるわけか」とザバーラは言った。

「そのとおり。問題は減圧症だ。あの男がベンズになったのは間違いないんだが、この地方の湖はほとんどが一時湖でね。年じゅうあるとしても水深が浅い」

オースチンは周囲を手で示した。どの方向も、地平線に至るまで砂漠と砂塵しかない。

「そんななか、あんたは水深があって毒をふくむ水が溜まる場所を見つけた」

オースチンはうなずいた。「バークレー・ピットの話は聞いたことがあるか？」

ザバーラは首を振った。

「モンタナの露天掘りの銅山だ。鉱夫が深く掘り進んだときに、周囲の岩盤の帯水層から水が染み出して坑内にあふれた。内部に水が満ちるまでに数年かかったんだが、最後に確認されたところでは、水の深さは九〇〇フィートでまだ上昇していた。鉱物のせいで、水は赤みの強いオレンジ色をしてる。毒性が非常に強くて、数年まえには飛来したガンの群れがそれにやられて即死したらしい」

「なるほど。けど、ここはモンタナじゃないんだ、トト」

「そうさ、ドロシー。でも、いまやオズのこの国にも、オーストラリア人は露天掘りの鉱山をいくつか持ってる。それもアウトバックに集中してる。なかには水が溜まっているのもあるようだ」

ザバーラは感心したようにうなずいた。「そういうことか。ベンズを起こすほどの水深はある？」

「バークレー・ピットより深いものもある」

「また何かたくらんでるな。まあ、そうだとしても、有毒な湖に人が潜る理由って何なんだ？」

「さあね。でもブラッドショーが言うには、この連中はオーストラリアの国家安全保障上の脅威だそうだ。それにこういう有毒な水の溜まる鉱山には、陰謀をたくらむやつらの興味を惹く特性がふたつある」

「というと？」

「ひとつは、有毒ガスが発生する恐れのある有毒な湖に人は近づかないこと。もうひとつは、水中を見通せないことだ」

「湖に何か隠してるってわけか」

「衛星だらけになった世界で、これは巧妙な隠し場所だ」

ザバーラはうなずいた。「厳密に言うと、衛星に取り巻かれてる世界だけどね。でも言いたいことはわかる」

オースチンは吹き出しそうになった。「編集者の才能を発揮してくれて感謝する。銃弾が飛び交うことになったら、きっとそれが役に立つな」

ほぼ無人のハイウェイを走って二時間後、トラックはアリススプリングズから一〇〇マイル離れ、幹線道路からはずれた未舗装路を走っていた。この九〇分は人の姿をまったく見なかった。

オースチンはバックミラーに目をやった。トラックの後ろには、宇宙からでも追跡できそうなほどの土煙が巻きあがっている。だが、誰かが尾行してきたところで、砂が詰まったエンジンはとっくに止まっているはずだ。

トラックのスピードを落とした。道路沿いにめぐらされた有刺鉄線のフェンスに切れ目があった。その先はいっそう原始的な小道となって低い丘につづいている。

「これだな」

ステアリングをいっぱいに切り、そのフェンスの切れ目に大型トラックを入れた。

「そういうことか」とザバーラが言った。「これからどうなるかはわからない。何に巻きこまれるかわからない。でも、われわれがこれをやるのは、鼻持ちならない官僚があんたの推理を気に入らなかったからだ」

オースチンはうなずいた。「ああ」

「あんたの問題はだね、アミーゴ。まず最初に、自分の正しさを証明しようって思いが病的に強いってこと」

「そこはおれの欠点でもちっぽけなものさ」丘の頂に近づきながら、オースチンは答えた。「連中はこっちの話を信じなかったんじゃない。まともに取りあおうとしなかったんだ」

大型トラックは丘の稜線に達した。前方に、深紅色の水で満たされた巨大な陥没池があった。そこはかつてタスマン鉱山の名で知られていたが、一〇〇〇フィートの深さで、鉱夫たちが地下水面の圧力がかかった箇所に穴をあけた。するとモンタナのバークレー・ピット同様、タスマン鉱山にもすこしずつ有毒な水が満ちていった。いまは周縁から一〇〇フィート足らずまで水が上がってきている。

オースチンは、陥没池の壁に沿って蛇行する路面を徐行で下り、水際まで行った。驚いたことに、そこにはすでに一群の車輛《しゃりょう》が駐まっていた。埃をかぶったSUV四台にジープ・ラングラーが二台。新車のようだ。色つきのウィンドウと同系色の車体が、いずれも政府の公用車であることを強く主張している。

「そっちが思ってた以上に、話を真に受けてたみたいだな」とザバーラが言った。

オースチンはブレーキを踏み、徐々にトラックを停止させた。その場の光景にはどこか異質な部分があった。すぐには気づかなかった。

「彼らはどこだ?」オースチンが言った。

ザバーラは首を振った。

妙な角度で駐車された車輛が六台、二台はドアが開けっ放しで、もう一台はテールゲートが開いている。何らかの作業がおこなわれている最中なのか、有害な岸辺に大量の備品が散乱していた。にもかかわらず、人影はどこにもなかった。

8

オースチンは湖の周囲を見渡し、水面をじっとうかがった。人の姿は見えない。

「エイリアンに誘拐されたのかも」ザバーラが空を見あげて言った。

オースチンはザバーラを睨《にら》んだ。

「ふざけてるわけじゃない。UFOのことは研究してるんだ。オーストラリアは目撃情報の宝庫なんだよ。それに、ここはいかにも彼らが好んでやってきそうな場所だ」

「そこへ、おれがアルミ箔《はく》の帽子もかぶらずに登場か」

オースチンは駐められた車の配置を見て、バークレー・ピット付近で死んだガンのことを思いだした。車の乗客は毒ガスのようなものでやられたのだろうか。

シートの間に置いたボックスを開いた。そこには大きな魔法瓶ほどの小型酸素タンク二本が縦に収納されていた。マスクが二個、その脇《わき》に空気中の一七〇種類の毒ガス濃度を計測する空気センサーもあった。

「オーストラリア環境保護庁《EPA》はここを危険区域に指定してる」とオースチンは言った。

ぎだな」

「が、それは地下水面に限ってのことで、大気は汚染されていないはずだ。警戒しす

　オースチンは空気センサーを取り出してスイッチを入れ、ザバーラは酸素タンクの圧力を確認した。

　オースチンはわずかに窓を下げ、そこからノズルを突き出した。三〇秒後、緑色のライトが点灯した。「大気に問題はない。夏のロサンジェルスよりましだ」

「確認するにこしたことはない」とザバーラが言った。

　オースチンはうなずき、ブレーキから足を離した。

　大型トラックは長い坂道をそろそろと下りはじめた。車輛が駐まっている平らな面に達すると、オースチンはトラックを傍らに寄せて停止させた。

　空気センサーに点灯した二度めの緑色で、オースチンは自信を深めた。

　ドアを開けた。死を思わせる静寂だった。風はない。鳥はいない。虫もいない。草の葉一枚、毒性の強い土壌に生えるたくましい雑草の芽すらない。

「荒涼としてる」ザバーラがつぶやいた。

「月面にいるような気分だ」オースチンはそう言うと空気センサーをベルトにはさみ、小型酸素タンクをつかんでトラックを降りた。

　ザバーラが助手席を離れたとき、オースチンは最寄りのＳＵＶに近づいていた。テ

ールゲイトは開いたままだった。車内のラックにカービン銃が並んでいる。太いブロック体で〈ASIO〉と書かれたウィンドブレーカーが畳《たた》まれて、箱にきちんと積んである。

「現場に踏みこむつもりだったんだろう」

「こっちには試験管の束がある」ジープの横でザバーラが言った。「何本かは水がはいってる。標本を採ってたんだな。ソナー装置もあるぞ。湖に潜ったのか？」

オースチンは前方を見やった。毒水の湖は平穏そのもので、空を映す水面は黒いガラス板のようだった。そのどこかにASIOのチームの死体があるのだろうか。

「全員で潜るはずがない。まさかそんなことはしない」

蠅《はえ》がオースチンの耳もとをかすめていった。ここに来て初めて遭遇する生物だった。ある方向から飛んできて、また遠くへ飛び去った。オースチンのこめかみを汗がひと筋伝い落ちた。

稜線を見あげた。そこにはなにもなかった。動くものはなく、争った形跡もなかった。何かがひどく間違っている。

ラックからライフルを引き抜き、できるだけ静かにクリップをスライドさせた。

ザバーラが近寄ってきた。「撃たれたんだろうか？」

「だとしたら、じつにみごとな奇襲作戦だぞ。弾痕《だんこん》を見たか？　血は？」

「いや」

「おまえのＵＦＯの線も、案外悪くないかもしれない。念のためライフルを確保しろ」

ザバーラがラックから銃を取ったそのとき、小石の転がる音がした。振りかえったオースチンは、オーストラリアの赤土の砂丘を落ちてくる小石を認め、身をかがめてライフルを構えた。だが攻めかかってくる者はいなかった。

ザバーラが脇でしゃがんだ。「どう思う？」

オースチンは砂丘を見据えていた。「掩護《えんご》しろ」

サバーラがうなずくと、オースチンはじりじりと移動し、やおら小さな砂丘に向かってダッシュした。斜面を駆け登り、頂を越えたら何があろうと掃射するつもりだった。

身体の緊張が抜け、とたんに悔恨が襲ってきた。

下のほうに横たわる人の群れ。折り重なるように倒れた男女。服装は素朴だが身ぎれいだった。携えた装備も衣類もほぼ同じ。

オースチンは、そこを登ろうとして果たせなかった者が砂に残した跡をたどって下まで降りた。そしてあまりにも見馴れた、角刈りの大男のもとへ行った。

「ブラッドショー」オースチンは膝をつき、男をあおむけにして呼びかけた。

脈を探っていると、ブラッドショーの口から苦痛の呻《うめ》きが洩れた。

「ジョー、こっちへ来てくれ！」

ザバーラが砂の頂を越えた。

「ほかの連中の確認を」

ザバーラが降りてくるあいだに、オースチンはブラッドショーのシャツを引き裂き、最も深手に見える脚に止血帯代わりに巻いた。ほかにも二カ所負傷していたが、どちらも軽傷のようだった。

止血帯をきつく縛ってから、水筒を出してASIOの副局長の顔に水をかけた。

「ブラッドショー、聞こえるか？　何があった？」

ブラッドショーは唇を動かし、脈絡のない言葉をつぶやいた。

オースチンは小型酸素タンクのマスクをブラッドショーの顔にあてた。酸素を入れると生気がもどってきた。ブラッドショーが引っ掻《か》こうとするのでマスクを押さえていると、やがて目の焦点が合った。

「何があったんだ？」オースチンはマスクをはずして訊ねた。

「やつらが降りてきた」とブラッドショーは答えた。

「誰が降りてきたって？」

返事はなかった。

「ブラッドショー、聞こえるか?」

ザバーラがもどってきた。「ほかはみんな死んでる。銃撃だ。至近距離から。たぶん、地面に放り出されて機関銃で」

「くそっ」

ザバーラはまわりに崖《がけ》のようにそびえる斜面に視線を走らせた。「気に入らないな、アミーゴ。これじゃまるで射的場のアヒルだ」

「人に見られてたら、おれたちはとっくの昔に命がない」オースチンはブラッドショーの顔に酸素マスクをあて、バルブを全開にした。ブラッドショーの目がさらに開いた。ようやく意識がはっきりしてきたらしい。

オースチンはまたマスクをはずした。

「オースチンか?」ブラッドショーは驚いたように声を洩らした。「どうして……どうしてここに?」

「虫の知らせさ。何があった?」

「わか……ら……ない。待ち伏せされた。気づいたら地面に倒れて、銃声が聞こえた」

ブラッドショーが埃にむせたように咳《せ》きこんだので、オースチンはまたマスクをあてた。ブラッドショーはそれを押しのけた。「罠だった。あんたの言ったとおりだ。

情報が漏れていた」

「相手を見たか？　そいつらはどこから来た？」

「知らん」ブラッドショーはやっとのことで答えた。気を失いかけていた。

「ここから連れ出さないと」オースチンは大男を抱えあげようとした。「ジョー、手を貸してくれ」

ザバーラがブラッドショーの片方の脇に頭を入れ、反対をオースチンが受け持った。

「ヘイリー……」ブラッドショーがつぶやいた。

オースチンはあたりを見まわした。死者のなかに彼女はいなかった。「一緒だったのか？」

ブラッドショーはうなずいた。「下へ行った」彼は湖のほうを指した。「もうひとりのダイバーと潜ってる」

「下に何がある？」

「建物のような。何かの装置か。だが、でかい。むしろ……研究所みたいな。自分の目で確かめると言って見にいった。でもやつらに襲われて……」

「それから？」

副局長はよろけたものの踏みとどまった。苦痛に顔をゆがめた。

「それから、やつらは彼女を追っていった。いま水のなかだ。全員が」

9

ふたりはSUVが駐めてある場所までブラッドショーを引きずっていった。ブラッドショーは三発撃たれて大量に出血していた。長くは保たないかもしれない。

オースチンは救急キットをザバーラに放った。

「できるだけのことをしてやれ。それから、助けを呼ぶ方法を見つけろ。連絡が無理なら、彼をここから連れ出せ」

「そっちはどうする?」

オースチンはトラックの荷台に上がり、一人乗り潜水艇の防水シートをはがしていった。「潜る」

「でも、下に何があるかわからないぞ」

「研究室と装置だ」オースチンはブラッドショーの曖昧な説明をくりかえすと、トラックの荷台から水際に降りた。「あとは、お手上げの若い女性がひとり」

「で、何をやる気だ? 装置を探して泳ぎまわるのか?」

オースチンはトラックの運転席に飛び乗ってキーを回した。「いや。運転する」

大型ディーゼルの重低音がよみがえった。オースチンはギアを入れて前に進んだ。死の湖に向けて、わずかに左へ行き、アクセルを踏んだ。

その場にいるのがジョー・ザバーラでなかったら、今後の展開について詳細に説明していたかもしれないが、ザバーラは誰より乗り物のことに通じている。すでに空港でこのトラックに好奇の目を向けていたし、答えを見つけだしているはずだ。もしそうでなかったとしても、いまや一目瞭然《いちもくりようぜん》だ。

トラックは加速すると、柔らかい赤土に重いタイヤの跡を深く刻みながら斜面を進み、まっすぐ水に突っ込んだ。すぐにタイヤが浮き、滑走がはじまった。

水に浮くなり、オースチンはダッシュボードのステンレススチール製のレバーを押しあげ、ノッチに入れて固定した。トラックの大輪が持ちあがって水の抵抗が減ると同時に、ドライブシャフトに取り付けたスクリューがリアから伸びた。

モニターパネルを見ると、表示はすべてグリーン。よろしい。スクリューはパワートレーンに接続され、検知できる水漏れはないということだ。

オースチンは燃料を送りこんだ。スクリューが後方の赤い水を攪拌《かくはん》して、水陸両用車は水をかき分けながら、遅いトラックからさらに遅いボートへ変身を遂げた。舳先《へさき》の重い艀《はしけ》のような進み具合だったが、さいわい目的地は遠くない。

また別のスイッチ類を弾き、持ってきたソナーを作動させた。重さのあるスプリングが、小型の曳航式ソナーをトラック後方へ展開させた。それはケーブルを繰り出しながら沈み、中周波の音波を湖底に反射させた。さっそくディスプレイにパターンが現われた。

岸の斜面を離れると、湖底はいきなり落ちこんだ。採掘場の最上部は差し渡し一マイルほどだが、断面は細長いV字形で、底は扁平《へんぺい》だった。

「六四〇で下降中」オースチンは変化しつづける数字を読みあげた。「深さを見てみよう」

外縁部の高さは底から一〇〇〇フィートで、水面はそこから少なくとも一〇〇フィート下だったが、長年の侵食作用で採掘場は埋まりかけているらしい。計器は八五〇を示した。砂漠の真ん中で、第二次世界大戦当時の潜水艦ならその半分も潜ればつぶれてしまう深い湖の上から、水深を測るのは困難な作業だったが、それをやってのけたのだ。

湖底のほぼ中心で、ソナーがドーム形の物体を捕捉《ほそく》した。中西部のトウモロコシ畑に立つ給水塔を思わせる流線形だった。先端が球根状に膨らみ、その底部からは束ねた複数のパイプが下へと伸びている。オースチンが見るかぎり、パイプは湖底の中心に埋設されていた。

これはいったい何なのか。その用途は？

ブラッドショーは、核弾頭を連想させる〝装置〟という語を使った。あいにく今日《こんにち》では、原子の猛威を解き放つのに、六〇フィートのドームを据えた巨塔を建設する必要はない。

ドームが画面から消え、新たな標的が映った。こちらにはドームの芸術的な曲線はなかった。円筒形のポッドと輸送コンテナを積みあげた形をしていた。高さは七階建てのビル程度。湖の急峻《きゆうしゆん》な壁に固定されているらしく、ドームとは作業塔と太いケーブルで連結している。ソナーの断続的な反応が、壁に打たれたガイドワイアの存在を示唆していた。

この構造物の天頂部は水深二五〇フィート付近で、底部は三二〇フィート。その片側に、見おろすようにドームが建っている。

オースチンは感心せずにはいられなかった。水深三〇〇フィートにこんな建物を建設するのは、そもそも大変な作業である。しかも毒性の強い湖で、秘密裡《り》に事を運ぶとは……感心どころではない。

スロットルから手を離すと、水陸両用車は惰行して湖の中央で停止した。オースチンは座席から背後の荷台に移った。

いまはメインの構造物の真上にいる。あとは下へ降りるだけだった。

ザバーラは、救急キットの乏しい備品でブラッドショーの手当てをおこなった。その努力もむなしく、ブラッドショーの顔色は幽霊のように蒼白で肌が冷たかった。すぐにも本格的な治療が必要だった。

ザバーラはブラッドショーをその場に残し、近くのSUVの車内を探った。小型無線機を手にしてスイッチを入れた。緑のランプが点灯するはずのLEDは暗いままだった。電源スイッチをいじってマイクをオンにした。反応がない。雑音も、空電の音もしない。バッテリーが死んでいた。

充電器を探すうち、イグニションに挿したままのキーに気づいた。両側のドアが開いているのに室内灯は点いておらず、煩《わずら》わしい警告音も聞こえなかった。

キーをひねってみた。いったん〈オフ〉にしてから〈ACC〉の位置へ回した。なにも起きない。警告灯は点灯せず、ドアが開いていることを示す音もしない。

「変だな」

ザバーラはSUVから降りてライフルを手にした。一台ずつ、すばやく移動して全車輌を確かめた。どれも同じように動かない。

六台の新車。ジュースの一滴も残っていなかった。ラックに並ぶ無線機も、二台の携帯電話も。最後に調べた車のグローブボックスにあった懐中電灯は、旧式のフィラメントが一、二秒灯《とも》って消えた。

うなじの毛が逆立つのを感じた。ザバーラは空を見あげた。ＵＦＯの母船の到着直前に、まさにこんなことが起きたのだ。

彼はブラッドショーの元にもどった。「なんでバッテリーが全部切れてるんだ？」

「切れてる？」

「車も無線機も、全部だめだ。救急搬送が必要なのに、救助を呼ぶ手段が見つからない」

ブラッドショーの目がどんよりしてきた。彼は答えを持っていなかった。質問が聞こえているかどうかも定かではなかった。

ザバーラは立ちあがって湖面を見通した。一刻も早くブラッドショーを運ばなくてはならないのに、動く車輌はというと、そこから半マイル離れた有毒な湖の中央に停止する水陸両用車だけなのだ。

10

オースチンはウェットスーツを着て、荷台の後端付近に置かれた一人乗り小型潜水艇に近づいた。鮮やかな黄色をした潜水艇は、愛情こめてスピーダーと呼ばれていた。ジェットスキーに似た形をして、前部に小さな潜航翼一組と、乗りこんだ操縦士が引き下ろして固定する透明なキャノピーが付いている。

潜水艇は水深五〇〇フィートまで潜航可能で、現代の電気自動車で使用されているものと同種のリチウムイオン電池を動力源とし、一対の引っかけ鉤、前照灯、空気／水のタンクを具《そな》えていた。

キャノピーと艇体の大部分は、深部の圧力に耐える超強力ポリマーで造られている。深部での潜水試験はまだだったが、オースチンは大いなる信頼を寄せていた。ザバーラが主任設計士なのだ。オースチンの経験上、ザバーラが設計したものはすべて表向きのスペック以上の性能を有している。

手早くチェックし、準備をととのえた。スピーダーを固定していたストラップをはずし、荷台の傾斜レバーを三〇度にセットした。すると油圧装置が動いて、荷台がダンプカーの後部のように傾きはじめた。

スピーダーに乗りこみ、スイッチを押してハッチを閉めた。キャノピーがすばやく覆って所定の位置に固定された。両腕を前に、両脚を後ろに伸ばす姿勢でシートにまたがると、水上でバイクを操る気分になった。

トラックの荷台の末端が水面に達し、水がスピーダーの側面まで上がってきた。キャノピー越しに水の色がわかる。最上層はピンクだが、太陽光線が吸収されるにつれ、より濃い赤になっていく。

汚水の毒性はどの程度なのだろうか。気を取りなおしてスロットルをひねり、こんなスープのなかに潜ろうという人の気が知れないと思いながら傾斜路を下っていった。スピーダーはまず水面下数フィートを進んだ。やがてオースチンは潜水レバーを調節し、バラストタンクに水を満たした。ハンドルを前へ倒すと潜航翼が下を向き、スピーダーは潜航を開始した。

二〇秒ほどして、オースチンは身体を左に傾け、潜水艇をゆったりと方向転換させた。八〇フィートの水深では、周囲の水は赤ワインさながらだった。そこから五〇フィート潜ると乾いた血の色になった。水にふくまれる化合物の正体はともかく、それらは非常に効率よく光を吸収している。さらに下りてゆくとドームの先端が見えてきた。

外観はなめらかだが斑紋《はんもん》があり、その湾曲した表面には何らかの鉱物が付着しているようだった。カルシウムか銅かマンガンか、いずれにせよ周囲の水よりも光を反射している。

ドームを通過したあたりでスロットルをゆるめ、バラスト内の最後の空気を排出した。スピーダーはふたたび沈んでいった。

オースチンは闇に目を凝らした。研究施設の屋根の部分は、ドーム頂上から約七五フィート下方に位置している。そこの表面にも同じ鉱物が付着していてほしい。衝突して内部の人間に気づかれるまえに屋根を発見したかった。

「二一〇」と深度計の数値を読みあげる。「二二〇」

まわりの空間を見渡した。闇。ブラックホールに沈んでいく気分だった。

「二三〇」と低声《こごえ》で言った。

ゲージが正確なら、あと二〇フィートほどで施設の屋根にぶつかる。まだ何も見えない。

車好きがすこしずつエアを足して完璧《かんぺき》なタイヤ圧をめざすように、オースチンは少量の空気をタンクに注入していった。短く一度、もう一度。降下の速度が落ちた。

まもなく深度計が二四〇フィートを指したが、まだなにも見えなかった。二四五フィートで、再度エアスイッチを入れてわずかに圧力をくわえた。二四七フィートで忍耐が尽きた。

スピーダーが中性浮力に達するまで、スイッチを強く押した。潜降が止まり、スピーダーは闇中《あんちゅう》で動かなくなった。

オースチンは親指を上に滑らせて前照灯のスイッチを軽く叩いた。回路に多少の電流は送っても、完全には点灯しない程度に。ライトが仄暗く灯って消えた。つかの間の光がネオンレッドの世界と、ほんの三フィート下にある研究施設の腐食した頂部を照らした。

「とにかく目的地には着いた」とつぶやいた。

この不恰好な建物が研究所なら、出入口があるはずだ。水が有毒でも無毒でも、水中に最も安全かつ効率的に気密室《エアロック》を設けるとすれば、場所は建物の底面しかない。

オースチンは危険を冒してもう一度ライトを点灯し、建造物の端にあたる方位を確認すると側面にまわった。ふたたび降下していくと、ぼんやり光る施設の底部周辺が見えてきた。エアロックから照明が漏れている。

「おれのために明かりを点けておいてくれたのか」

と、その瞬間、スピーダーが激しく右に傾き、奇妙な金属音が水中に反響した。

オースチンは即座に状況を把握した。下降した際に、ドームとパイプの基部を支えるガイドワイアに当たったのだ。その衝撃で、スピーダーは横向きに回転した。もっと悪いことに、巨大なギターをかき鳴らしたような振動音が水中を伝わった。その音は採掘場の壁で反響し、胡乱《うろん》なこだまとなってもどってきた。

オースチンはスピーダーを立てなおすと水漏れの有無をチェックした。コクピットは無事のようだった。彼は安堵《あんど》の溜息をつき、これ以上のトラブルが起きないように祈りながら下降をつづけた。


「何の音でしょう?」

コンピュータサーバーの下にプラスティック爆薬のブロックを慎重にセットしていたヤンコに、部下のひとりが話しかけた。

「わからない」とヤンコは答えた。この研究所にいるとき、殊に技師を入れてドームを検査したり、そこから動力を引くときにはどんな些細《ささい》な音も聞き逃すまいとしていたが、いま耳にしたような妙な反響音は初めてだった。

「水は音をひずませますから」と技師が言った。

それはそのとおりだが、構造物の安全性に疑問を持っていたのはヤンコひとりではなかった。科学者でなくとも、酸性の水が金属壁をしだいに腐食させていくことぐらいはわかる。

「この湖にある化学物質が、施設の外殻にどんな影響を及ぼしているかわかったもんじゃない。爆薬の設置を終えろ。壊れるまえにここを出て、こいつを吹き飛ばしたい」

男たちに異論はなさそうだった。彼らは作業の手を早め、まもなく爆破の専門家がコンピュータバンクの下から滑り出てきた。「完了しました」

「よし」とヤンコは言った。爆薬が回路基板とメモリーバンクを粉砕する。つづいて火災が起き、残ったものは溶けてヘドロとなり、そこに水が流れこむ。有毒な湖の水深一〇〇〇フィート近い場所で残存物を回収する能力と精神力があるにしても、各国情報部のハイテク研究所が取り出せるものは皆無だ。

となると、残る仕事はあとひとつ。

ヤンコは振りかえり、口を塞《ふさ》がれて床に座るふたりにライフルを向けた。男ひとり、女ひとり。どちらも後ろ手に縛《いまし》めてある。

男は法執行機関の職員か軍人だろう。撃つなら撃てとばかりに眼光鋭く睨みつけてくる。より柔和な印象の女はストロベリーブロンドの美人で、その目には恐怖の色があった。ヤンコは先に女を撃つつもりだった。早く楽にしてやる。彼は銃を掲げた。

「冗談じゃない！」と技師が叫んだ。

ヤンコはその技師を睨《ね》めつけた。

「酸素を全開にしてあるんですよ。それにアセチレンタンクも開けてます。基地全体に可燃性ガスが充満してる。その引き金をひいたら一気に燃えあがるかもしれない。殺すならナイフを使って」

ヤンコはライフルを下ろし、捕虜たちに目をもどした。やつらはこうなると知っていたのか。おれを破滅させようとしているのか。どうでもいい。もうじき爆発と炎上という悲惨な運命に直面することになるのだ。

「タイマーをセットしろ」とヤンコは命じた。「ここを出るぞ」

ヤンコが見守るなかで、爆破係がタイマーを一〇：〇〇にセットして〈起動〉ボタンを押した。時計はすぐに〇九：五九から時を刻んでいった。ヤンコは後ろを顧みることなく主梯子《しゅばしご》に向かった。潜水艇が待機している。

ザバーラは水辺に立ち、自分に取れる手立てを考えていた。いずれカートはもどってくるにせよ、それを待っていてはブラッドショーの命にかかわる。かといって、水陸両用トラックを取りに有毒な湖を半マイルも泳いでいく気にはなれなかった。

彼の関心は動かない車に向いた。車内に充電器がある。一台でもエンジンがかかれば、無線機の電源を入れて助けを呼べる。ヘリコプターが一機から三機は飛んでくるだろう——一機は重傷のＡＳＩＯ副局長を病院に運び、あとの二機ないし三機には、湖を包囲して安全を確保するための軍特殊部隊かSWATチームを乗せて。アリススプリングズまで車だと二時間だが、空路なら三〇分で行ける。ブラッドショーにとっては生死の分かれ目だ。

「こいつらに手回しクランクがあればな」ザバーラはビンテージカーを思い浮かべてつぶやいた。

車を押しがけすることを考えついた。二台のジープのトランスミッションはマニュアルで、水際に向かって浜は下っている。そこは好都合だが、充分なスピードを得られるかどうかはわからない。

ジープの一台のギアをニュートラルに入れ、ドアフレームに肩をあてた。ありったけの力で押すと車は動いた。だが砂の地面は柔らかく、ゆっくり歩く程度の速さしか出なかった。車が水際まで来ると身を退いた。

前輪が水に浸かって停止すると思いきや、車は頭から突っ込み、開いたドアから水が流れこんだ。やがて車体が水中に没した。最後に見えたのは沈没する船の船尾に立つ戦旗さながら、リアバンパーから突き出したトレイラーヒッチだった。

ブラッドショーを見ると気を失っていた。「とりあえず、見ずにすんだな」

一瞬、事情が呑みこめなかったザバーラだが、すぐに納得した。露天採鉱場というのは、おおむねテラス状になっている。急斜面と平坦《へいたん》な部分が連続する。水辺もテラス程度の広さだった。後方はほぼ垂直に切り立った六〇フィートの壁。水際も同じような形状にちがいない。

そこにある車を見つめるうち、新しいプランが浮かんできた。ＡＳＩＯは少なくともあと一台を失うことになるが、うまくいけば残ったジープのエンジンをかけられるはずだ。


オースチンはサクランボ色の明かりに染まるプールを見あげた。スピーダーで研究所の底部まで下り、エアロックを発見したのだ。

慎重に操縦して区画にはいり、浮上した。プールとその周辺のデッキに人の気配はなかった。

スロットルを軽く押し、棚のような場所に乗りあげた。キャノピーを開けてデッキに立つと、すぐに第一エアロックを通過して装備室へ行った。

タンク二本とフルフェイスのヘルメットが二個置いてあった。ＡＳＩＯの車輛にあったのと同じタイプのものだった。

潜水チームはここまで来たのだ。では、いまどこにいる？

オースチンは短銃身のＭ‐４カービン銃を持ってきていたが、すぐに不思議な気分の昂《たかぶ》りを感じ、もしや自分は高濃度酸素の混合ガスを吸っているのではという思いにとらわれた。それは予想外のことだった。

深海の活動では酸素、ヘリウム、窒素のトライミックスか、酸素とヘリウムの混合ガスを使うのが普通なのだ。まさかと思ってリンカーンの演説の冒頭を再現してみた。

「八七年まえ……」

ミッキーマウスかドナルドダックのような声になるはずが、いつもの自分の声だった。空気中にヘリウムはふくまれないか、ふくんでいてもごく微量だ。オースチンは銃を置いた。タスマン湖の底で銃撃戦は禁物。一発ですべてが吹き飛ぶ。

この展開が吉と出るか凶と出るかと思いながら、脚に着けた鞘《さや》から大型のダイブナイフを抜いた。

通路を二〇フィート進むと梯子があり、その足もとが濡れていた。そこを昇って次の階を調べ、バッテリーがぎっしり詰まった部屋をふたつ見つけた。充電状態を示す壁のパネルは大半が緑で、わずかに黄色や赤のライトも点いている。気になったのは、この大量のバッテリーを充電する電力をどこから取っているのか、それを何に使うのかということだった。

また上層に行くと、要員の居住区らしき一郭があった。空のロッカーと整えられていないベッドから、放棄された場所という印象がただよってくる。

中央の梯子にもどって次の層に上がり、またハッチを見つけた。それを開けようとしたとき、梯子を降りる足音が聞こえてきた。

オースチンは息をひそめた。

声が響いた。「早く、急げ」

下へ降りて隠れようかと思っていると、不意に左へ動いた足音が真上のデッキを通り過ぎていった。数人があわてて駆けていく感じだった。

オースチンはハッチをわずかに開け、その隙間から覗《のぞ》いた。誰もいない。音をたてずに身体を引きあげ、角から先をうかがった。三人の男が別のエアロックの前に立っていた。市街地にあるオフィスビルの回転ドアを連想させるエアロックだった。扉が開くとふたりがはいり、三人めはその場で待った。

またも梯子を降りてくる足音がした。オースチンが顔を上げると同時に、男が傍らに降り立った。

「きさま……」

オースチンは片手で男の口を塞ぐと、その身体を壁に押しつけて炭素鋼の刃を男の胸に刺した。男がもうひとり、オースチンの腕めがけて降りてきて、ナイフを床に叩き落とした。

オースチンは振り向きざま、襲ってきたふたりめのこめかみに肘打ちを食らわせた。男はエアロック付近の床に這いつくばった。

三人めの男は横桟を使わず、両手両足で滑るように梯子を降りてきた。下まで来ると、オースチンに背後からつかみかかり、片腕を喉にまわして首を絞めようとした。オースチンは後ろ向きのまま男を隔壁に押しつけた。絞めてくる力がほんのすこし緩んだ。オースチンはもう一度背中を押しつけ、今度は顔もそらすようにして頭突きを見舞った。

その二度めの打撃で男が離れた瞬間、エアロックがホテルのロビーのエレベーターよろしくピンと音をたてた。三人めの男はオースチンを押し倒して走っていった。立ちあがったときにはエアロックの扉が閉じかけていた。四人がひしめきながらオースチンを見つめかえしてきた。ひとりは残忍な笑みを浮かべて首を振った。

四対一なのに彼らは逃げていった。思い当たる理由はただひとつ。この研究所を沈める気なのだ。

梯子の下で死んでいる男を見て確信が深まった。胸ポケットに電線ストリッパー、ベルトに絶縁テープ一巻、そして赤と青のフラットケーブル。どうやらこの研究所は爆破されようとしている。

オースチンはワイアカッターを手に梯子を昇った。男たちの慌ただしい逃げっぷりからして、あまり時間は残っていないようだった。

11

ザバトラは活発に動いていた。残ったジープの前部からケーブルを延ばし、SUVの一台のチューブ状のブラッシュガードに巻きつけ、それを別のSUVのテールエンドに結びつけて滑車システムを作りあげた。

じつにシンプルなプランだった。ケーブルで繋いだ車を水中の崖から落とす。落ちる勢いでジープを前方に引き、速度が出たところでクラッチをつないでエンジンをかける。

準備ができると、いま一度ブラッドショーの状態を確認し、幸運を祈りながら重りに使うSUVのほうへ向かった。バッテリーが上がってウィンドウが動かないので、ガラスを割った。全部のドアとテールゲート、それにボンネットまで開けた。空気を出し、SUVをできるだけ早く沈めるためである。

ギアをニュートラルに入れ、ブレーキをはずしてから飛び降りた。砂地に両足を深く食いこませて車を押す。SUVがすこしずつ動きだし、水辺の堅い土壌に達するとスピードを上げた。最後に力をこめてから手を離し、バランスをくずして毒の水に落ちそうになりながら後ずさりした。

ＳＵＶはそのまま進んで水に浸かった。一台めとまったく同じように頭から突っ込むと、ケーブルが張って止まった。

ジープに駆けもどって飛び乗った。キーが回っているのを確かめ、ブレーキをはずす。ジープが動きだした。初めは低速だったが、沈みかけたＳＵＶのケーブルに引かれて勢いを増した。

ザバーラはぎりぎりまで待ってクラッチを上げた。

エンジンがふるえ、詰まったような音をさせながらかかった。そこでクラッチを抜いてブレーキを踏んだ。ジープは滑車にした車にぶつかる数フィート手前で停止した。クラッチを踏んだままガソリンを送り、エンジンをふかした。まもなく雑音が消え、アクセルをゆるめると正常なアイドリングがはじまった。ザバーラはパーキングブレーキをきつくかけて車を降り、ジープのフロントのウインチに近づいた。

リリースレバーに手を置き、ぐっと押しさげた。ドラムのあごが開き、金属のケーブルを解き放った。強いテンションを保っていたコードは前方に飛び、滑車代わりの車を鞭打《むちう》ってフロントグラスを砕くと砂地を滑り、沈みゆくＳＵＶの後を追った。

ザバーラは旅立つ車に敬礼してジープに乗りこんだ。無線機を充電器に載せ、赤いランプが点灯するのを見守った。

バックミラーに映る自分の姿に目をやり、「よくやった、ザバーラ」と語りかけた。

「大変よくやった」

無線機が使用できるまで、あと数分はかかると踏んで負傷者の様子を見にいくことにした。

アイドリング状態のジープから飛び降り、横たわるブラッドショーのもとへ急いだ。ブラッドショーは意識がなかったが、呼吸はしている。

「頑張れ」とささやきかけた。

湖面の水が揺れはじめた。岸と浮いているトラックの中間あたりがわずかに盛りあがった。浜に突進するシャチのごとく、水面下で何かが動いている。

もしや、スピーダーを駆ったカートかもしれないと思ったが、水面を割ったのは、底部をゴムで覆った全長二〇フィートの潜水艇だった。そんな構造の理由が、潜水艇が湖面から立ちあがるようにして、白い航跡を後に滑走する姿で明らかになった。

「潜水ホバークラフトか」ザバーラは驚嘆した。「泳ぐトラックよりずっといいな」

ホバークラフトは二〇秒ほど北へ走ると若干東に向きを変え、採鉱場の反対側で水から出て傾斜した浜に上陸した。

ザバーラは、ＡＳＩＯを襲った集団が逃亡をはかろうとしていると察した。

「そうはいかない」彼はアイドリングするジープに乗りこんだ。ふとブラッドショーのことを思った。自分がしてやれることはなにもない。でも、無線機の充電が終わったら救助を呼ぶ。

ギアを入れてアクセルを踏んだ。砂利道《じゃり》にタイヤを滑らせながら、逃げようとするホバークラフトを追跡した。

人気《ひとけ》のない建物内で、オースチンはヘイリーを探していた。さらに上の二層を急いで捜索したのち、最上部のハッチを抜けて制御室らしき場所にたどり着いた。

離れた片隅に、手を縛られ、猿ぐつわを咬まされたふたりが座っていた。オースチンはそこへ走ってヘイリーの猿ぐつわをはずした。

「爆薬よ」ヘイリーはだしぬけに言った。「パネルの下に」

オースチンは自由にした彼女の手にナイフを持たせると、パネルの下に潜った。そこにプラスティック爆薬とタイマーを見つけた。〇一：〇七と表示されたタイマーが、秒刻みのカウントをつづけている。

オースチンはワイアカッターを取り出した。一方、ヘイリーは隣りにいた男の縛めを解くと、ワイアの一本を切ろうとするオースチンの背後にふたりして駆け寄った。

その行動がオースチンの気に障った。

「爆弾のことで何か知ってるのか？」

ふたりはかぶりを振った。「逃げないと」ヘイリーは息を喘《あえ》がせた。

タイマーの表示は〇〇：五九。一分もない。オースチンは首を振った。「それは無理だ」

ＡＳＩＯの男がタイマーに手を伸ばした。オースチンはその手をはねのけた。「間違ったボタンを押せば粉々に吹っ飛ぶぞ」

オースチンが指さしたタイマーの画面上に、小さな錠前の印が光っていた。彼の推測が正しければ、カウントダウンを止めるにはコードを入力しなくてはならない。

「ここでじっとはしてられないぞ」と男が言った。

「四〇秒」とヘイリーが口にした。

オースチンは信管に見入った。ごく一般的な工業製品で、爆薬を仕掛けた者のお手製ではない。船を沈める際に同様の装置を何度か使った経験がある。だとすれば、安全装置が組みこまれているはずだ。そこには赤と青の二本のワイアが接続されていた。

「三〇秒」

ＡＳＩＯの男がよく見ようとしてオースチンに身体をぶつけた。

「きみの名前は？」オースチンは訊ねた。

「ウィギンズ」

「下がれ、ウィギンズ」

「三〇秒」ヘイリーの声が張り詰めた。

「それでどうなる？」とウィギンズが切りかえした。

「こっちと距離ができる」

ふたりはすこし離れた。オースチンはワイアカッタをできるだけ広げた。

「一〇秒」ヘイリーは言った。「九……八……」

オースチンは、ヘイリーが七を数えるのを待たなかった。手を伸ばし、ためらうことなくワイアを二本とも切った。

なにも起きなかった。火も出ず、爆発もしなかった。タイマーは〇〇：〇〇で止まった。

「ああ、助かったわ」

倒れそうになったのか、ヘイリーは両腕をオースチンの肩にまわし、その背中に額を押しつけた。

「見事だ」とウィギンズが言った。「ブラッドショーの指示で来たのか？」

「そうじゃない」とオースチンは答えた。説明する間もなく、重々しい音が響いて建物を揺らし、その後何度か激しく震動した。遠い雷鳴のようだった。床がわずかに傾き、やがて水平にもどった。風に吹かれる古木さながら、基地全体が揺れて軋んだ。

「ドームよ」ヘイリーが言った。「あっちも爆破するつもりだったのよ」

また爆発が連続して起きた。今度の衝撃は大槌《おおづち》のように襲いかかってきた。ケーブルの切れる音がして、それが激突したはずみで三人は床に投げ出された。

オースチンはドームが上方に位置し、この建物に繋がれていたことを思いだした。それが破壊されたとき、崩れかけの施設がどうなるかは想像するしかなかった。金属の擦《こす》れあう音と、室内に細い水流が噴出するのを見て、彼はその答えを知った。

12

ザバーラはV8搭載のジープ・ラングラーで砂漠を疾走していた。大きくごついタイヤ、強力なエンジン、車高の高さで、ジープのオフロード走行性能は世界屈指だった。しかし、起伏の多い地形を進む能力にかけては、ホバークラフトの比ではない。谷を抜け、起伏のある大地を突っ切り、茂った低木を避けながら、ザバーラは必死でジープを駆った。ホバークラフトのほうはその上空を一直線に進んでいた。ユタ州の塩原を彷彿《ほうふつ》させる平坦な地形に出たころには、かなり引き離されていた。ザバーラは平地で追撃にかかった。距離を詰めている最中に、小型無線機にようやく緑色のライトが灯った。

無線機を充電器からはずし、通話スイッチを押した。

「ASIO、聞こえるか?」受信した相手の見当はついていた。「そっちに人はいるか?」

雑音まじりの応答が返ってきた。「ブラッドショーか?」

「いいや」とザバーラは答えた。「ブラッドショーは負傷した。局員数名がやられた」

「誰だ、おまえは?」と回線のむこうの声が咎《とが》めた。

ザバーラはできるかぎりの説明をした。また襲撃犯と目されるグループを追って、砂漠を西へ向かっていることも伝えた。

「どの道を走ってる?」

「道じゃない。水の溜まった鉱山から真西へクロスカントリーだ。まっすぐ太陽に向かって」

ひずんだ応答があって、ふたたび通信が途切れた。ザバーラは無線機を乱暴にもどした。前方でホバークラフトが横滑りしながら方向転換をした。一八〇度転回して、ザバーラと向きあう形になった。

急ハンドルを切ったが遅かった。目ばかりか頭のなかでも閃光が弾けて、ザバーラの世界はいきなり暗転した。


「ここを脱出しないと」オースチンは叫んで、ふたりを梯子へと促した。

ヘイリーを先頭にウィギンズが真ん中、オースチンは殿《しんがり》についた。

新たな衝撃に建物が揺れて、オースチンは手がかりを失いかけた。頭上のハッチをつかんで引きさげたが、フレームがゆがんだドアと同じでぴったり閉まらない。

「衝撃で床がたわんだんだろう」とウィギンズが言った。

もう一度、全体重をかけて引いたが、わずかに隙間が残った。水が梯子の穴に流れ落ちてきた。さわる気がしない水だ。

「行くぞ」とウィギンズに言った。

最下層に降り、エアロックまで行った。すでにヘイリーがヘルメットをかぶって待っていた。ふたりはドライスーツを着用している。グローブとフルフェイスのヘルメットをつければ、理論上は湖の毒水にさらされることはない。

いまや水が流れこみ、限界まで圧力のかかった金属が軋んで呻くような音をさせている。施設はいつ潰《つぶ》れてもおかしくない。

「すぐには浮上できないぞ」とオースチンは言った。「きみたちはここに長くいすぎた。運び屋みたいにベンズになる」

「逃げないと」とヘイリーが言った。

「手すりにつかまれ。できるだけ遠くまで引っぱっていく」

彼女はうなずき、ヘルメットを密閉した。

オースチンはスピーダーにまたがり、キャノピーを閉じてロックした。ヘイリーとウィギンズがタンクを背負っているときにライトが消えた。オースチンはスピーダーの前照灯を点灯させ、ふたりの視界を確保した。

エアの供給をチェックしたウィギンズは、ヘイリーに親指を立ててみせた。ヘイリーも同じしぐさを返した。

「行くぞ」オースチンは自分に言い聞かせた。

ふたりはスピーダーをムーンプールに向けて押すと、つづいて水に飛び込んだ。ふたりが手すりにつかまるや、オースチンは浮力タンクから空気をすべて排出した。彼らは沈んでいった。

三秒で底に達した。

「つかまれ！」ふたりの耳に届くことを願って、オースチンは叫んだ。

ゆっくりスロットルをひねると、ジェット水流がスピーダーを推進させた。すこしずつ、半速まで加速していった。それ以上出すと乗客がつかまっていられなくなる。

オースチンは、前照灯が照らすバラ色の水を見通した。数フィート下降してガイドワイアを避け、前進をつづけた。後方で、圧力に負けた施設の隔室が破裂した。

壊れたドームの中心から延びたパイプに沿って、光がいくつも走った。誘爆が起きた。

稲妻が廃屋を浮かびあがらせるように、構造物が背後から照らしだされた。ドームの残骸が研究所にぶつかり、側面を伝っていった。擦れるように落ちて継ぎ目に引っかかったそれは、研究所という枢《ひつぎ》を封じる最後の釘だった。

外殻をなす板がねじ曲がり、水圧に押されて、建物は巨人の足で踏まれたブリキ缶のごとくひしゃげた。光と空気が一気に噴き出し、水に沈んだ鉱山全体に衝撃波を放った。ヘイリーとウィギンズは研究所のほうに一瞬引きもどされたと思うと、ヘドロの雲が舞う闇に向けて放り出された。

その衝撃に襲われたスピーダーは玩具のようにもてあそばれた。オースチンはキャノピーに頭をぶつけた。激しく回転する艇内から、沈泥に濁った波に呑みこまれていくヘイリーとウィギンズを目にした。

13

眠気の霧を通して、ザバーラの耳に騒音が届いた。初めは畑を潤すスプリンクラーのような鋭い音のくりかえしだった。ただし、もっとゆっくり……

ザバーラの思いはとりとめもなく、幼少期をすごしたニューメキシコ州の農地と、砂漠に生命をもたらす高圧灌漑《かんがい》システムへ移っていった。半分眠っていても、なぜかニューメキシコにいるのでないことはわかっていた。

目を開けると世の中がぼやけていた。舌に塩気を感じ、口もとに手をやると血が付いた。額の切り傷から鼻を伝って唇へ流れた血だった。

焦点が合ってきて、自分が車の運転席にいることに気づいた。正面のフロントグラスは、頭がぶつかった場所から放射状にひびが走っている。車の前部は溝に突っ込んだように急角度で下を向いていた。

ほかの症状がおさまってからも、奇妙な音は鳴りつづけていた。それどころか、巨大なファンが中速で回転しているような音が、よりいっそう明瞭になった。

ジープの外で叫び声がした。

「こっちだ」誰かが言った。

「バールをくれ」

すぐ脇のドアが動いた。その縁から指が見えて、数インチほど開いた。隙間から顔が覗いた。

「おい、大丈夫か？」軍の作業服を着た男が訊ねてきた。

ザバーラは額の傷に手をやった。「ましになったよ」

「動くな。いま出してやるから」

兵士はバールを持ってきた別の兵士の力を借り、ドアをねじっていった。そして一度に一インチずつ、その隙間を広げていった。

その間にザバーラの記憶がもどってきた。ここはオーストラリア。車を追跡していた。ひょっとして正面衝突したのかと、蜘蛛の巣状に割れたガラスのむこうにホバークラフトを探した。見えたのは、はまりこんだ溝の土壁だけだった。

ようやくドアがはずれて、兵士たちが手を伸ばしてきた。彼らは注意しながら、めちゃくちゃになった車内からザバーラを救出した。そしてひとりはジープを調べ、もうひとりがザバーラを溝から出し、オーストラリア軍の標識がある黄褐色のNH‐90ヘリコプターへと導いた。

ようやく奇妙な音の出所がわかった。大型輸送機のローターはいまも回転している。

ヘリコプターのドアの数フィート手前に、黒いスーツ姿の厳しい顔をした男がいた。

「あなたが連絡をくれたのか？」と男は訊いた。「ブラッドショーの無線機で？」

ザバーラはうなずいた。「どうなった？」

「どういう意味だね？」

「おれが追ってた連中さ。やつらは捕まえたか？　ホバークラフトに乗ってたやつらだ」

男は眉《まゆ》を上げた。「ホバークラフト？」

「おかしな話に聞こえるのはわかってるけど、本当に乗ってたんだ。メーカーも型式もわからないけど」

男は浮かない表情で顔を振った。「何に乗っていたかはともかく、見つかってない」そしてヘリコプターの開いたドアに手をやった。「きみには事情を聞かないと。このヘリでアリススプリングズまで帰ってもらう」

「ブラッドショーは？」

「三〇分まえに救急搬送した」

「三〇分まえ？」ザバーラは混乱した。自分が連絡を入れたのは、つい三〇秒まえという感覚だった。かりに意識を数分間失っていたにしても、そんなに早くブラッドシヨーを運べるはずがない。

そこで初めて夕闇が迫っていることに気づいた。追跡中は太陽が地平線に向かって落ちていくところだったが、いまはどこにも見当たらない。翳《かげ》った空にオレンジ色の残照があるばかりだった。

操縦士が離昇にそなえ、ヘリコプターのブレードの回転が増した。「きみを見つけるのに手間取った」と男は説明した。

「カートは？」

「誰だ？」

「カート・オースチン」

「知らない名前だ」男はそう答えるとザバーラの腕を取り、ドアのほうに導こうとした。「どうぞ、出発しないと」

ザバーラは腕を振って男の手を振りほどいた。「おれの友人のことを聞くまで、ここを一歩も動かない。彼はあんたたちのダイバーを助けにあの鉱山に潜った」

その官吏は怪訝《けげん》な顔をした。「爆発があった。あなたの友人が無事なら飛行機で運ばれている。しかし、いま湖に残っているのは死者だけだ」

胸の内に吐き気をおぼえながら、ザバーラはヘリコプターに乗りこみ、ハーネスを締めた。空を飛ぶころ、大地は夜につつまれていた。アリススプリングズ郊外のオーストラリア軍基地に着くと、空は黒い布となり、そこに穴を開けたように、見たこともないような明るい星が煌々《こうこう》と輝いていた。

まず医務室に連れていかれた。若い医師に、化学物質または金属の中毒症状がないか検査された。医師は命に別状はないと言い残して去り、代わって登場したより若い看護師が、フロントグラスに突っ込んだ額の傷を縫ってくれた。

その処置が終わると、看護師はザバーラの腕に注射の針を刺した。

「うっ！」

「破傷風予防と抗生物質よ」

「ああ」ザバーラは上腕をさすりながら言った。「しかし、これから注射するよとか、痛くないですって言ってくれないのか？」

「嘘になるでしょ？　それに、あなたがたヤンキーはタフなんだと思ったし」

「ひどい一日だったんだ」とザバーラは認めた。「ヤンキーっていえば、今晩、ほかにアメリカ人を手当てしなかった？　身長六フィートで髪が銀色の？」

「残念ながら」看護師は用具をまとめながら答えた。「あなたが最初よ」

看護師が出ていったあと、ザバーラは基地の別の区域に連れていかれた。新兵か下士官の居住区のようだった。

護衛兼監視役がドアを開けた先は、二台の寝台、そこに挟まれた実用的なデスク、シンダーブロックの壁という一室だった。ザバーラはすでに足を上げて寝台に寝そべるルームメイトを見て、大学の寮を思いだした。

ザバーラが部屋にはいるなりドアは施錠された。カート・オースチンが身を起こした。

「こいつは、会えてうれしいね」とザバーラは言った。「連中が、あの鉱山の底で屑《くず》の山に埋もれちまったみたいな言い方をしたもんだから」

オースチンは立ちあがり、ザバーラにベアハッグを見舞った。「こっちも心配してたんだ。まさか水から上がったら、ブラッドショーがビーチでひとりっきりの日光浴を楽しんでるとは思わなかったからな。おまえもあの悪党どもの餌食《えじき》にされたのかと心配してたんだ」

「砂漠を四輪駆動で走るお伴には向かないと思ったのさ」

オースチンは訝《いぶか》しげな目を相棒に向けた。「その傷から察すると、そっちの追跡は課外活動で終わったのか」

「ああ、追いつけなかった。なぜか溝にはまっちまって。でも、あそこまでの走りを思えば、来年のバハ一〇〇〇のオフロードレースに出場してもいいかな」

「ジョー、クラッシュしたらバハは勝てない。わかってるのか?」

「クラッシュじゃないんだ、アミーゴ、あれは……」ザバーラは息を呑んだ。「わかった、クラッシュだとしても、おれのミスじゃないことははっきりしてる」

記憶がぼやけていることに、ザバーラは困惑していた。懸命に思いだそうとした。

「あの瞬間、おれはやつらと真正面から向きあった……そしたら、日光がガラスに反射したみたいに光って……急ハンドルを切った。でも正直、よく憶えてない」

「ブラッドショーの話と似てる」

「それで、彼の状態は？」

「おまえのおかげで生きてる。手術を受けた」

ザバーラは胸をなでおろした。「下で科学者を見つけたのか？」

「彼女とＡＳＩＯのダイバーひとりを。爆弾にくくりつけられていたようなものだった。脱出したが、基地は崩壊した」

「ふたりは無事なのか？」

「こちらの知るかぎりは」とオースチンは答えた。「基地が爆発したとき、一瞬見失ってね。見つけたときにはふたりとも気を失っていた。でも、スピーダーの前部にグリッパーが取り付けてあったおかげで、ふたりをつかんでゆっくり浮上することができた」

ザバーラは誇らしげに頬をゆるめた。「すると、スピーダーはチャンプのように活躍したわけだ。思ったとおりだけど」

「この潜水艇ビジネスには将来性がありそうだ。中間管理職とオフロードレースの夢をあきらめられたらの話だが」

ザバーラは笑いながら、寝台の間に置かれたデスクの椅子《いす》に腰かけた。ブロックの壁を拳《こぶし》で叩いた。「おれたちは投獄されたのか、それとも保護拘置？」

「さあな」とオースチンは答えた。「そのうえ、こっちが何に首を突っ込んだのかもわからない。誰かと話をさせてくれれば、かならず突きとめてみせるんだが」

「それか、おれと調子を合わせて――すべては大いなる誤解だってふりをして、他人には関わらない」

オースチンの眉間《みけん》に寄った皺が、その提案にたいする思いを表していた。「それの何がおもしろい？」

カートのことはよく知っているだけに、ザバーラはその答えを予期していた。いったん謎に咬みついたら、この友人は探し物が見つかるまで後戻りはしない。

残念ながら、その後数時間は答えが出ないまま過ぎていった。やがて零時をまわってずいぶん経ったころ、ドアが解錠され、オーストラリア軍の軍人ふたりが部屋にはいってきた。作業服姿のMP、またはオーストラリア軍でそれに相当する男一名に女一名。

「ミスター・オースチン？」と男の兵士が言った。「一緒に来てください」

オースチンはぐずぐず立ちあがった。ザバーラもそれにならった。

「あなたはけっこうです、ミスター・ザバーラ」と女が言った。「ここに残って」

ザバーラは憤慨してみせた。「なに？　おれのことは尋問しないのか？　おれだって知ってることがあるかもしれないのに」

オースチンはドアのほうに歩いた。「おれがすんだら次はおまえだ。寝て待ってろ」

男の衛卒はオースチンを外に出し、付き添って廊下を歩いていった。

その姿が見えなくなると、ザバーラは何事もなかったかのように壁に寄りかかった。ドアが閉まっても、なぜか女の衛卒はその場に残っていた。

ザバーラは相手を眺めた。化粧っけがなく、服はだぶついていたが美人だった。もしかすると内密で尋問する気なのかもしれない。そこで彼女の気分をほぐし、情報を引き出そうと考えた。

「ここで監視を？」

返答はなかった。

「実はね」ざっくばらんに話すことにした。「ぼくは女性の制服姿が好きなんだ」

やはり返事はなし。男を誘う気なら、銅像を気取っても高得点は取れないぞ。

「ひょっとして、人付き合いが苦手？　で、きみはどう思う……ＵＦＯのことを？」

相変わらず声も出さないが、口の隅がかすかにゆがんだ。笑うのを我慢している証拠だ。ザバーラは笑顔で応じた。どうにかなりそうだった。

　ザバーラが衛卒を誘惑しているころ、オースチンは基地の半分を踏破するかというような距離を歩かされていた。医務室を過ぎて長い廊下に出た。その端のほうに警備兵だかMPだかが立っていた。

「右側の三つめのドアです」とオースチンに付き添ってきた兵士が言った。

　廊下は薄暗かった。剝落《はくらく》した壁の塗装。壁沿いに積まれ、埃まみれの防水シートが掛けられた器材。蛍光灯がちらついている。それこそ電気ショック療法の装置が置いてありそうな雰囲気だった。

「きみは来ないのか？」とオースチンが訊ねた。

　衛卒は両手を後ろに組んで立った。無言だった。

「そうか」

　オースチンは大きく深呼吸をすると廊下をゆっくり進み、三つめのドアの前で足を止めた。把手を回して足を踏み入れたのは、ＩＣＵの設備がととのい、程よく照明が施された部屋だった。右手のベッドで——鼻に酸素の管を、腕に点滴を入れられて横たわっているのがセシル・ブラッドショーだった。順調には見えなかった。

　オースチンはドアを閉めた。

ブラッドショーが首をまわした。黒く落ちくぼんだ目は半ば閉じられている。

「会えてよかった」とオースチンは言った。「こっちは電気を流されるのを覚悟してた」

ブラッドショーの目もとに、かすかに皺が寄った。それで精一杯の笑顔なのだ。ベッドの角度を変えるスイッチに手を伸ばしたが届かなかった。

「起こしてくれないか？」

オースチンはベッドを調節するボタンを探すと、ブラッドショーの上半身が起きる位置までそれを押しつづけた。

モニターの警告ランプが点灯して、ブラッドショーの脈拍が五〇台に落ち、血圧がやや低下したことを告げた。

「血を半分失《な》くすとこうなる」とブラッドショーは言った。「一晩中輸血だ」

「そもそも残ってたことが驚きだ」

「おれは心臓のない野郎さ。多くは必要ない」

「それは運がいい」

「鎮痛剤は入れさせなかった」ＡＳＩＯの副局長は話をつづけた。「はっきりした頭であんたと話せるように。まずは、あんたが引き際を知らない馬鹿者だったことに礼を言う。あんたはヘイリー、ウィギンズ、それに私の命の恩人だ」

オースチンはその言葉を素直に受け入れた。「観たかったラグビーの試合があってね。いい席を取ってくれたら、それで帳消しにする」

ブラッドショーは軽く笑ったが、すぐに咳きこんだ。「このまえ、オペラハウスに現われたあんたに手を借りようかとも思った。ぴんと来るところがあってね。だが、あんたから減圧症の話を聞かされて、パズルが完成したもんだからやめたんだ。それでよかった。さもなきゃ、撃たれたときにはあんたもそばにいた。それで皆殺しだった」

「幸運だったな」

「そうらしい」ブラッドショーは認めた。「そいつがもっとあちこちに転がってることを願うよ。遠回しに話す元気がないから率直に言う。あんたに調査を引き継いでもらいたい」

オースチンは目を細めた。

「あんたの推理は正しかった」とブラッドショーは言った。「うちの局で情報が洩れてる。どうしてかはわからないが、それ以外に説明がつかない。いろいろ手を打っても、なぜかわれわれの行動は先に知られてる。完璧に出し抜かれてる」

「それで民間の病院じゃなく、空軍基地にいるのか？」

「そのとおりだ。部下には私が手術中だということにしてあるし、今後は意識がもどらないと知らせることになってる。あんたやザバーラ同様、一時的な隔離の状態にあるウィギンズとヘイリーは別にして、あんたの存在も介入も知られてない」

「こういうことはどうしたって洩れる」とオースチンは指摘した。「あちこち鼻を突っ込んだりすればなおさらでね。しかも、われわれがアメリカ人だってことを考えると、このオーストラリアの地では少々厄介なことになりそうだ」

「それはそうだ」ブラッドショーが相づちを打った。「オーストラリアの地に留まるかぎりは」

オースチンはデスクにもたれた。「どういうことだ？」

「われわれの相手はテロリストだ。われわれは、やつらの次の行動が海外のどこかではじまるとみている」

「その根拠は？」

「内通者だ。アウトバックでのプロジェクトから、より大規模で危険な計画に移行したらしい。それを裏づける証拠もある。あれほどの研究施設を——と、そう決めつけるのもなんだが——人目につかない場所に建てるのは大変な労力だったはずだ。それをほかに拠点がないまま爆破するというのは、まったく不合理だ」

オースチンはうなずいた。筋が通っている。

「くわえて、輸送中に取り押さえた採掘用機材には、最新の自給式外洋航行機がふくまれていた。過酷な環境と、最悪の天候のなかで使用するのを考えて設計されてる。それを押収《おうしゅう》したのはパースを出港したケープタウン行きの貨物船だったんだが、船は南アフリカめざして西へ行くんじゃなく、南の南極海に向けて針路を取った」

「近ごろは、ひどい航海をする虫も好き好きでね」とオースチンはジョークを言った。

「その目的地はどこだったと思う?」

「セロは南極の大陸棚に潜んでいると、われわれは考えてる」

「セロ?」

「この騒ぎの首謀者だ」

オースチンは引き寄せた椅子の向きを変え、椅子の背に両腕を置いて腰かけ、ブラッドショーのほうに身を乗り出した。彼はこの男の依頼について検討していた。好奇心を駆り立てられていたが、もっと大きな問題があった。

「NUMAは法執行機関というわけじゃない。インターポールに連絡したほうがいいかもしれない」

「それで書類が処理されるまで半年待つのか?」

ブラッドショーは自身の疑問に答えるように首を振った。「それに、こいつはテロリストの脅威であると同時に科学の問題でもある。聞くところでは、あんたたちNUMAはその組み合わせを専門にしてるようじゃないか。やつらが海を隠れ蓑《みの》に使ってるなら……そう、そこはあんたたちの庭じゃないか」

オースチンはうなずいた。「たしかに」

「だからバトンを渡したい」

「ぼくの一存では決められない。だいたい……こうなったのは……おっしゃるとおり、ぼくが馬鹿者だったからでね。でもＮＵＭＡを正式に巻き込むなら、それなりの計画を立てなければならない。いまの話からすると、長官はそっちの意向を汲《く》んでくれると思う」

「ピットか？　ああ、彼の噂は聞いたことがある。好人物らしいな」

「最高だ。だが彼に話を通すまえに、われわれが何をすればいいかを具体的に詰めておかないと。この連中は何を企んでる？　このセロという男は何者で、何を狙《ねら》ってる？」

ブラッドショーにためらいはなかった。オースチンをここへ呼んだのは話すためで、その心づもりもできていた。「ゼロ点エネルギーについて聞いたことは？」

実はなかった。少なくともインターネットでヘイリー・アンダーソンを検索するまでは。

「科学論文でその用語は見たことがある。一、二段落しか読んでいないが、動力源の一種らしいな」

「こっちも、物理学を理解してると強がる気はないが、われわれを取り巻く場からエネルギーを取り出せるというのが基本的な考えだ。理屈では、そうした場をとんとん叩けば、世界全体にとって無尽蔵のエネルギー源となるらしい。しかも、コストをほとんどかけずに使用して分配できる」

「それは夢物語だな」

「かもしれない。なんとも言えないが。でも、われわれが追ってる組織はそれを信じている。彼らはその秘密を解き明かしたと主張している」

たいしたものだ、とオースチンは思った。「それがいま、われわれが目にしてる世界とどうつながる？　無料のエネルギーが愛と平和と電力問題を解決するなら、なぜ人々が撃たれて吹き飛ばされる？」

ブラッドショーは咳きこみ、痛みで顔をゆがめた。「こっちで知るかぎりのすべてをまとめたファイルを渡そう。だが、とりあえず簡単に説明しておく。話したように、事はセロ、マクシミリアン・セロという男からはじまった。実はアメリカ人だ。職業は原子力エンジニアで、独学の物理学者。貴国の海軍の潜水艦と空母で八年間任務に就いた。一九七八年に除隊して、一九七九年の炉心溶融事故の数カ月まえにスリーマイル島で働きはじめた」

「絶好のタイミングだ」とオースチンは言った。

「彼にとっては、たぶん。世界が間一髪で大惨事を逃れたと思った彼は、別のキャリアを考えた。転々と職を替えたすえに、発電の代替システムを見つける聖戦を開始した。そしてあるとき、ゼロ点エネルギーに出くわした。こっちで言える範囲では、資金調達とその理論の実用性を証明するのに数年を費やした。残念ながら、彼の話は真剣に受けとめられなかったわけだ。

やがて彼はそこに陰湿な理由があったと、つまり原子力業界の大物や石油会社、貴国のエネルギー省の有力者らに妨害されたと思いこむようになった。あるインタビュー記事では、アメリカ政府に電話を盗聴され、自宅と研究所に隠しマイクを取り付けられたと語っている。国税局による査察が、そんな思いをますます燃えあがらせた」

「被害妄想だな」

「アメリカ政府からまわってきたＣＩＡの人物評価は、まさにそう結論づけてあった。彼はパラノイアだとね。西暦二〇〇〇《Y2K》年を迎えた直後、彼はアメリカを脱出してオーストラリアにやってきた」

「なぜオーストラリアに？　ここには原子力発電さえないのに」

「ああ。だからこそ、ここに来た。公平な立場でやれると思ったんだろう。しかもオーストラリアとニュージーランドは、米軍の原子力艦の寄港に反対していた。私の理解では、わが政府なら受け入れてくれると思ったようだ」

「受け入れたのか？」

「最初はね」とブラッドショーは言った。「彼は生まれて初めての補助金を受け取り、シドニー大学の教職について自分の理論を完成させようとした。二〇〇五年には、実用化まであと一年と発表した。しかし重要な試験をおこなう直前、政府が介入してそれを止めた」

「なぜ？」

「知らない。だが、一部にその実験は危険との判断があった」

それは意外なことではなかった。ひそかに無許可の実験をおこなおうという危ない核科学者には、人々も神経をとがらせるだろう。

「ヘイリーはどこで関わってくる？」

「彼女は物理学者だ。セロが来たときは大学院生だった。セロがここにいるあいだ、研究をともにしていた。ヘイリーと、セロの息子のジョージ、娘のテッサも物理学者で、セロを尊敬する結束の堅い三人組だった」

「まさに十字軍の一員か」

「信者だよ」

「八年まえ、オーストラリア政府は彼の計画を止めた」とオースチンは言った。「なのに、まだ話は終わってない気がする」

「そうだ。セロと家族は出国か強制退去かを迫られた。アメリカに帰国するつもりだったのかもしれないが、そこへ日本のトカダというベンチャー・キャピタリストが救いの手を差しのべた。どうやらトカダは、日本はアメリカやオーストラリアとはちがって、彼の研究を支援すると約束したらしい」

「なるほど。日本はこれまでも輸入エネルギーに依存してきた」

「大きく依存してる。消費する石油の九八パーセント、石炭の九〇パーセントが輸入だ。原子力産業はかなり大きいが、広島と長崎のことがあって、原子力発電はふれられたくない話題でありつづけてきた。海沿いの原子炉が津波で破壊されるまえから」

並べられたドミノが目に見えるようだった。「つまり、セロがこのゼロ点エネルギーの実用化に成功すれば、日本は原発を全廃できる。国全体がセロを英雄として歓迎し、おそらく彼は一夜にして億万長者になる」

ブラッドショーはまたうなずいた。「セロは二〇〇六年に日本へ移り、北にある焼《や》尻《しり》という小島に秘密研究所を建てて事業を開始した。息子と娘は父についていった。ヘイリーは残った」

「どうして?」

ブラッドショーは楽な姿勢を取ろうと枕《まくら》を引いた。「そう、ひとつには彼らが危険な道を進んでいると思いはじめたから。それに、彼女には消耗性移動恐怖がある。飛行機に乗らないし、車も持ってない。移動はたいてい徒歩か列車だ。きのうまで九年間、シドニーを離れたことはない」

あの勇敢な姿を見ていただけに、虚をつかれた思いだった。

「どうやってここまで連れてきた?」

「鎮静剤だ」

オースチンは笑った。

ブラッドショーはまた咳をして痰《たん》を切った。「セロが日本へ行って二年後、焼尻島で事故があった。大爆発だ。彼の研究所は跡形もなく消えた」

「何があった?」

「詳細は不明だ。本人の目の前で、まさに実験が失敗したからだと言われてる。衛星写真には、煙を噴く地面の穴のほかにはなにも写っていなかった。あの爆発を生き延びるのは不可能だ。セロとふたりの子をふくめ、現場にいたと思われる全員の葬儀が執りおこなわれた」

「一件落着、とはいかないいな」

「ああ」ブラッドショーも肯った。「早送りして去年のこと、わが政府はセロを名乗る者から一通の手紙を受け取った。その内容は、自分は復讐《ふくしゅう》に来た、家族がそうされたように、オーストラリアを引き裂くというものだった」

オースチンは身を起こした。「オーストラリアを引き裂く？　たとえば大混乱を、社会に動乱を惹き起こすとか？」

ブラッドショーは首を振った。「大陸をまっぷたつに割る」

オースチンはブラッドショーの顔を見つめた。冗談や妄想で口にしたふうではなかった。「もう一度」

「要は仕返しだ。どんなエネルギーにも、有益な利用法と有害な利用法がある。ゼロはついに目的を達し、無制限のエネルギーの秘密を解明したと言ってる。それを世界の利益に用いるつもりだったのに、世界は自分を拒絶し、子どもたちを虐《しいた》げた。だから、新たに発見したこのエネルギーは復讐に使い、手始めにこの島をまっぷたつにすると」

「初めて耳にしたタイプのエネルギー源だが、いささか滑稽《こっけい》に聞こえる」とオースチンは言った。「核爆弾を千個使ったって、オーストラリアはふたつに割れないだろう」

「ああ。だがプレートテクトニクスなら可能だ」

「どうもまだるっこしいな。何を言いたい？」

「詳細はヘイリーから説明させるが、ゼロの主張は、ゼロ点エネルギーを使って地震を誘発し、大陸プレートの動きに影響をあたえるということらしい」

オースチンは何年かまえに、小規模なスケールであればそうしたことも可能とする論文を読んでいた。ある種の化学物質を高圧で地中深くに注入すれば、断層線を滑りやすくし、小さな揺れを生じさせることは知られている。ただしこの揺れは、地震計のデータでしか確認されず、地上の市街地では感知されない。

しかしながら、このゼロ点エネルギーは過去に見聞きしたものとはちがっている。

「ゼロはすでにそれを証明してみせた」とブラッドショーが言った。「脅迫内容を述べた手紙で、署名の日付からきっかり二カ月後に地震を発生させると予告した。南部沿岸のアデレードと、ここアリススプリングズの間のどこかで起こすと」

「先月、地震があったな」オースチンはニュースを思いだして言った。「大きいのが」

「M六・九。アデレードの北北西一二〇マイル。ゼロが予告したその日に。ここ数年で最大の地震だ」

「でも、ここには断層線はない」オースチンは地質学の知識を呼び起こした。「オーストラリアはプレートの中央に位置している。カリフォルニアや日本みたいに境界線上にはない」

「私もそう聞いていたが、ゼロはそのすべてを変えられると主張するんだ。それを実行すれば、オーストラリアは真ん中で切り離され、現在はひとつのプレートが、実質ふたつのプレートになるってね」

オースチンは動揺していた。そんなことが本当にできるのか。

「偶然の一致ということは？　まぐれ当たりで現実になったとか？　むこうが新しい感知器か何かを開発して、それで予測したとか？」

ブラッドショーは肩をすくめた。「ヘイリーもわからないらしい。だが、わかるまで待ってはいられない」

そう、待ってなどいられないのだ。大切なものをすべて失い、勧善懲悪を追求する狂人が相手であるからには。

「いまもヘイリーが関わっている理由は？」とオースチンは訊いた。「彼女は局員じゃない。あの晩はノイローゼ寸前といった感じだった。なぜ彼女を内通者と会わせようとした？」

ブラッドショーは溜息をついた。「話したように、われわれには内通者がいる。セロの組織にいて、データを送ってくる未詳の人物だ。セロの脅威が明るみに出た直後に、その彼ないし彼女が突然ヘイリーに接触してきた。セロの組織内のこの人物の正体はともかく、彼ないし彼女はヘイリーが仲介となる条件でわれわれとやりとりをしてる」

オースチンにも、ブラッドショーのジレンマが理解できた。「彼女は勇敢な女性だ。それも本人のためにならないほどだ。どこかに保護拘置すべきじゃないか」

「セロのたくらみから保護することなんてできない。どのみち、ここでは無理だ。それに旅をしないから選択肢が限られる。しかも、彼女は引きつづき協力することを望んでるんだ。あんたがこれを引き受けてくれるなら、きっと彼女が必要になる。われわれが相手にしてるものを理解しているのは彼女だけだ」

ブラッドショーが正しいことはわかるのだが、素直には賛成できなかった。こういった騒ぎに巻きこまれた民間人はひどい目に遭わされる。

ブラッドショーは、封緘《ふうかん》されてデスクに置かれたマニラ封筒を指さした。中身は分厚いファイルらしい。「あれがわれわれの知るすべてだ。あれを読んで仲間と相談して、すみやかに結論を知らせてくれ。どっちに転んでも、ラグビーのチケットは取るから」

オースチンは微笑した。ブラッドショーは好漢だった。頑丈で、トーチを手渡そうと痛みを堪《こら》え、なおかつ軽口までたたいてみせたのだ。あとはしばらく夢心地になれるように、幸福のジュースを分けてもらえばいい。そんなことを思ううちに、もうひとつの謎のことを思いだした。

「あそこで何があった？」とオースチンは訊いた。「連中はどうやって襲ってきた？」

ブラッドショーは首を振った。「無線連絡の準備をしていて、次に気づいたら地面に倒れていて、誰かが発砲した」

「閃光を見たか？」

ブラッドショーは考えていた。

「ガラスに反射する光のような?」

「そうだ」ブラッドショーはようやく口を開いた。「そう、見たような気がする」

オースチンはうなずいた。答えにはほど遠かった。が、ブラッドショーの身に起きたことがザバーラにも起きたのは、おそらく間違いない。セロには使える兵器がひとつならずありそうだった。

オースチンはファイルを手に立ちあがった。「看護師を呼ぼう」

「きみが引き継いでくれるとわかれば、もっとゆっくり休める」ASIOの副局長は呻くように言った。

「では、できるだけ早く知らせよう」

14

二二〇〇時
ワシントンDC

骨董《こっとう》的価値があるシャンデリアの落ち着いた光の下、ホワイトハウスのイーストルームは大使や連邦議員、高官たちで混みあっていた。静かな話し声に、金箔《きんぱく》を張ったスタインウェイのピアノが控えめな音を添えている。

インド首相を迎えての公式晩餐会《ばんさんかい》の締めくくりに、出席者には雑談をして人脈を広げたり、長年の公的立場に縛られない議論をする機会があたえられた。公式の会合や交渉や、各国政府間で慎重に調整された調停の場よりも、勤務時間外のほうが仕事ははかどると言われる。

ダーク・ピットはそう信じて疑わない。

室内を移動していると、取引きがまとまりそうだとか、協議中の協定に解釈の余地を残すだとか、それこそ無数の話が耳に飛び込んでくる。NUMAの長官であるピットは、そうした機会に乗じて盗聴を仕掛けたこともある。しかし今夜、彼がこの場に出席したのは、主に旧友にたいする好意からだった。

長身で精悍《せいかん》、アウトドア志向で陽灼《ひや》けした風貌《ふうぼう》を持つピットは行動する男であり、大混乱の渦中にあっても冷静この上ない、決断力ある指導者だった。たとえ廊下の先で爆発が起き、人が出口に殺到しても、ダーク・ピットは状況を見きわめて自分の酒を飲み干し、そこでおもむろに近くの消火器を探しにかかるのではないか。

そんなピットがゆったりと室内をめぐり、その晩の火種となりかねない唯一の人物を探していた。親友のジェイムズ・サンデッカー、NUMAの元長官にして現副大統領である。

ピットは、レセプションの遠い端に堂々と立つサンデッカーを見つけた。サンデッカーの赤毛には白いものも混じっていたが、バンタム級の肉体はいまも引き締まっていた。背中で両手を組むのは、握手を求める相手の気を挫《くじ》くためだろう。そんな態度としかめ面のおかげで、胡散臭《うさんくさ》い人間の流れを大方うまくさばくことができるのだ。

大方であって、すべてではない。

「電球をはめるのに、上院議員が何人必要ですかな?」ずんぐりして赭《あか》ら顔の下院議員が、スコッチのオンザロックスを呷《あお》る合間にサンデッカーを問い詰めた。

ダーク・ピットは面白がってそのやりとりを見守った。悪態まじりの答えが返ってくる確率を五分と読んだ。本来はもっと高いのだが、なにせここはホワイトハウスなのだ。

「何人かって?」副大統領はぶっきらぼうに言った。

その議員が勝手に笑いだした。「誰もわからないが、よろしければ学識経験者による委員会をつくり、その問題について検討して一、二年後に答えを出しましょう」

サンデッカーはつかの間笑みを見せたが、たちまちしかめ面にもどった。「興味深い」と、ただそれだけ言った。

議員の笑いは消え、顔が凍りついた。サンデッカーのその反応に、当惑と同時に不安をおぼえたらしい。酒をもう一口啜《すす》ると丁重に手を振ってその場を去り、途中でまごついたように一度、二度と振りかえった。

「閣下も丸くなりましたね」ピットは副大統領の傍らに歩み寄って言った。「あの男を殴らなかったのが自制の証明だ」

そのとき、どちらかのポケットで甲高《かんだか》い警告音が鳴った。

「きみか私か?」とサンデッカーが訊いた。

ピットはすでに電話に手を伸ばしていた。「おそらく私でしょう」

上着のポケットから電話を取り出し、コードを入力した。すると画面に〈第一優先メッセージ〉と表示された。

サンデッカーが真顔になった。「携帯電話やポケットベル以前の時代を思いだす。可哀そうな連中がガキみたいに、悪い報《し》らせを伝えようと走りまわったものだ」

「時代は変わった」ピットはそう言って、メッセージがダウンロードされるのを待った。

「いいほうにではなく、だ。伝令を撃ったって、たかが機械じゃ楽しみも半分だ。内容は？」

「カートが地球の裏側で何事かに巻きこまれました」

サンデッカーの顔が笑みに輝いた。「彼がオペラハウスをものの見事に壊したという話は聞いたぞ」と笑いを嚙み殺して言った。

「何がそんなに可笑《おか》しいんですか？」ピットは訊ねた。

「彼らは孫みたいなものでね。きみとアルが私をてんてこ舞いさせたそのお返しを、きみがいまされてるわけだ。あのころ、事をおさめたり、うやむやにしたことを思いかえせば……」

サンデッカーはまた笑いながら首を振った。「いまだにＩＲＳは、きみがドイツから持ち帰ったメッサーシュミットに税金をかけたがってるそうじゃないか」

ピットはサンデッカーに視線を向けた。「注《つ》ぎこんだ額を考えたら、あれは資産というより負債ですよ」

その返事はほぼ無意識にピットの口をついて出ていた。もはや心は会話に向いていなかった。携帯電話のセキュリティソフトで解読された文面に目を凝らしていた。ほかの相手なら、もっとさりげなくやっていたかもしれない。だが、ほかならぬ旧友を前にして、そこまでかまってはいられなかった。

「よくないことか」とサンデッカーが推した。

「ASIOの局員九名が待ち伏せされ、殺害されました。その現場に居合わせたカートとジョーが、局員二名と科学者一名を救出したらしい。カートがスクランブルをかけた衛星電話で話したがっています。現在、アリススプリングズの空軍基地にいると」

「アリススプリングズか。気になる」

ピットは顔を上げた。「上院議員のジョークみたいに？　それとも本気で気になりますか？」

「本気で気になる」とサンデッカーは答えたものの、それ以上は言わなかった。

ピットは電話をポケットにもどした。「この建物に、カートと話せる場所はありますか？」

「シチュエーションルームが空いてる」サンデッカーはそう言うと、携帯電話でメールを打った。「通信チームを待機させる。われわれが行くところには明かりが点いて、コーヒーも沸《わ》いてるだろう」

「われわれ？」

「付き添いなしで、おまえにホワイトハウスをほっつき歩かせるわけにはいかん」まるでピットが見学ツアーの一員であるかのような言い方だった。「それに、誰かをいたぶってこっちの評判を落とすまえに、ここから退散する口実が必要だ」

二〇分後、ピットとサンデッカーはシチュエーションルームに付属するエリアにいた。ごく普通の民家の居間と大差がない、より狭い一画である。大型モニターが一台と小ぶりの三台が壁に設置されていた。あとは二列に並ぶ座り心地のいい椅子。概して高級なホームシアターといった趣きだった。

サンデッカーの言葉に嘘はなく、ピットの記憶のなかでも最高のコーヒーが用意されていた。そこでコーヒーを飲みながら、通信チームのクルーが設定を終えて出ていくのを待った。

ピットが前列中央に、サンデッカーはその横の席に着いた。

数秒後、信号が捕捉され、無精ひげが伸びたカート・オースチンの顔が画面に現われた。

「双方向通信が確立しました」インターコムから技術者の声が流れた。「こちらとむこうで画像と音声を確認できます」

「ご苦労、オリヴァー」と副大統領は言った。

画面上のオースチンが姿勢を正した。「副大統領閣下？　ここでお目にかかれるとは」

「そうと知っていたらひげを剃《そ》ったか？」

「バターナイフより切れ味がいいものを貸与されていたら、それはもう」

サンデッカーは破顔した。「心配にはおよばない。ところで、ピケット島の人々が、くれぐれもよろしくとのことだ。彼らは大方、島の現状維持を選択したが、ひとつだけ明らかな例外がある。きみを発見した入り江を改名した。いまやオースチンズ湾と呼ばれている」

「それはすばらしい」とオースチンは言った。「生きてるうちにもう一度見たいな」

次にピットが話した。「カート、きみが休暇にはいって一週間も経ってない。ここまで、きみは世界に知られるランドマークを破壊し、ジョー・ザバーラともどもオーストラリアの安全保障問題に深入りして、そして病院にはいった。こちらはきみの休養の定義に懸念《けねん》を抱きはじめている」

「ジョーを巻きこむべきじゃなかったな」とオースチンは認めた。

「自分自身を巻きこむべきじゃなかったんだ」とピットは訂正した。「その一方で、きみは人命を救った。そこで釣り合いは取れそうだが」

オースチンはうなずいた。「完全に埋め合わせができないことを考えて、ＡＳＩＯのテロ対策班の長が追加の支援を求めてきました」

オースチンはこの二日間の出来事と目下の状況、そして考えられる脅威について説明した。最後に、ゼロ点エネルギーに関する自分なりの知識と、ブラッドショーの要請について語った。

ピットはその途方もない話をにわかには信じられずにいたが、はるか昔に、不可能と思えることを蔑《ないがし》ろにすれば、いずれそれに直面することになるという教訓を学んでいた。サンデッカーはというと口を引き結んだまま、カートの話にはさほど驚いていない様子だった。

「オーストラリアに危機が迫っています」とオースチンは話を結んだ。「ブラッドショーによれば、ゼロは手紙で、オーストラリアが最初に罰を受け、残る国々もいずれ彼の逆鱗《げきりん》にふれるとほのめかしています」

「つまり、きみはその彼に代わって捜索しようというんだな」とピットは言った。

「当てはあるのか？」

「輸出入禁止の採掘装置とその他の事実に基づいて、ＡＳＩＯは、ゼロの計画の次の段階は海外の水中施設、または南極海の大陸棚で実施されると考えています」

ピットは考えこむようにうなずいた。「それは恐ろしく広範囲だな。数十万平方マイルにおよぶ。捜索地域を限定する方法を見つけないと」

「ブラッドショーの話では、ミズ・アンダーソンが探知装置を研究しています。彼女は、最初の地震は旧鉱山にあった兵器のプロトタイプによって起こされたもので、セロが製作中の大型兵器は、出力全開で使用するには試験運転を何度かやる必要があると考えています。その試験によってなんらかの危険が生じ、破壊を惹き起こす可能性があるにせよ、彼女のその判断が正しければ、それで兵器の設置場所に近づくことができるでしょう」

サンデッカーが座るあたりから呻き声が聞こえてきた。ピットは旧友に流し目をくれた。「心当たりがありますか、副大統領閣下?」

サンデッカーは椅子に深くもたれると、きっちりととのった顎《あご》のバンダイクひげをさすりはじめた。やがて背筋を伸ばして前に乗り出した。表情は硬く、まじろぎもしなかった。これぞ信頼に足る決断を即座にくだしてみせる指揮官の風貌そのものだった。

「いまからきみたちに話すのは機密事項だ」とサンデッカーは切り出した。「もっと言えば、最高機密だ。国家安全保障局《NSA》が特殊な遠隔感知装置を開発した。核爆発で生じるニュートリノとガンマ線の検出によって、爆発の位置を特定するためのものだ。

この新しい検知器は、地下核実験と衝撃に関しては衛星を利用したシステムよりはるかに感度が高い。各国の軍基地の二四カ所に設置されている。理由は定かではないが、ひと月まえのGMT〇七三五時、オーストラリアの地震が起きる直前に、この検知器が数カ所で変則的な信号を受信した」

「場所は?」ピットが訊ねた。

「ケープタウン、アリススプリングズ、ディエゴ・ガルシア。信号が最も強かったのはアリススプリングズだった」

「そのデータにアクセスできますか?」

「手配しよう」とサンデッカーは答えた。

「関係がありそうですね」とオースチンが言った。「あるいは捜索区域を狭めることができるかもしれない」

ピットは同意した。「カート、きみの次の行動には何が必要だ?」

「船が数隻必要です。集められるかぎりの数を。哨戒線《しょうかいせん》を設定して、鳥のさえずりより大きな音はすべて聞けるように。それと技術的な支援も必要になる。もし可能なら、ポールとガメー・トラウトがうってつけだ。それから、ミズ・アンダーソンが要望しているハイテク装置のリストを転送します。パースに送ってもらえるとありがたい。二日後には到着するので」

「二日後？」ピットはおうむ返しに言った。「パースならアリススプリングズから飛行機で三時間だぞ」

「わかってます。でも空路は使わない。ジョーとぼくでミズ・アンダーソン嬢をエスコートしなくてはならないので。彼女は飛行機を死ぬほど恐れてる。だから列車で行くことになるでしょう」

自分ならジェット機を飛ばすところだが、いずれにしても船舶と装備を集めるのに数日はかかる。「了解」とピットは言った。「埠頭《ふとう》に到着し次第出発できるようにしろ」

「準備しておきます」オースチンは答えた。

通信が切れると、ダーク・ピットはこの先の任務について思いをめぐらした。南氷洋という広大な海域でおこなわれる実験の場所を特定するのは、小さなハイテク船隊にとってたやすいことではないだろう。

彼はサンデッカーに向きなおった。「そのニュートリノ検知器に、方向を探知する構成要素はふくまれますか？」

「ある程度はな。だが、ピンポイントに正確というわけじゃない、質問がそういうことなら」

ピットの頭のギアが回転していた。「ひょっとして、それを例の波動が探せるように調整できないだろうか？　われわれの友人たちがカートの言ったとおりに行動して、カートの科学者の友人が作っているセンサーがそれを捕捉できなかった場合にそなえて」

「何を考えてる？」

「曖昧な方向ベクトルであっても、三カ所で信号を受信すれば、相互参照して三角測量ができるはずだ。そうすれば目標海域を絞ることができる」

サンデッカーはにやりとした。「やってみよう」

15

NUMA船〈ジェミニ〉
インド洋　クリスマス島の真西一四〇マイル

NUMA船〈ジェミニ〉は粋なデザインをもつ全長一五〇フィートの船舶である。計器や遠隔操作探査機《ROV》、それに科学者たちを狭いキャビンに詰めこんで運ぶため、ずんぐりした形のヨットをさらに太らせて重くしたような外見だった。目下、〈ジェミニ〉は真西へ針路を取り、海底を貫く新型ソナーのテストをおこなっていた。

携帯無線機を手にしたポール・トラウトは、前部デッキの先端に移動した。手すりから身を乗り出して下を見つめた。船首が水面と接するあたりのすぐ後ろで、舷側から長さ一一フィートの三角形のフランジが突き出している。左右にあるこの出っ張りのせいで、船首はエイの頭のような変わった形をしており、乗組員はこの船を〝ガン《スケ》ギ《ィ》エイ《ト》〟の名で呼んだ。

ふさわしい愛称だったかもしれない。その名のとおり、スケイトははるか下方の海底を調べ、太古の昔から堆積《たいせき》してきた沈殿物に埋もれた物を探すために設計された。

それによって海底資源の開発に拍車がかかると期待されている。だが、まずは機能するかどうかで、いまのところは運任せだった。

ポールは無線機の通話スイッチを押した。

「フランジは折りたたまれてロックされた。フックアップバーは固定されてる。表示計にもそう出てる。見たところ、スケイトは正しい位置にある」

「オーケイ、ポール」無線から女性の声がした。「まだプロセッサーに奇妙な信号がはいってきてるわ」

女性の声はポールの妻ガメー・トラウトのものだった。ガメーは〈ジェミニ〉の情報センターで、スケイトの釣鐘形のハウジングからはいってくるデータストリームをモニターしていた。

ポールはデッキに出るほうが好きだった。情報センターは狭苦しく窮屈で、自分が六フィート八インチの大男であることが理由のひとつ。それに、せっかく海上任務に参加しているのに、コンピュータに囲まれた暗い部屋で時をすごすのは愚の骨頂という気がする。

「イルカは見えた?」ガメーが訊ねた。

「イルカ?」

「試験航行のとき、イルカが船首波に乗って遊んでいたの。スケイトに興味津々《しんしん》だったんじゃないかしら。彼らのソナーをしきりに働かせていたもの。音符のスタッカートを見てるようだった」

そんな話は聞いたことがない。ポールは両舷を確かめた。「イルカはいない、シオゴンドウも」

しばらく間が空いた。ガメーは診断プロトコルでもやっているのだろうと思った。その間を利用して身体を伸ばした。青い空、さわやかな微風、暖かい太陽を味わった。それでも沈黙がつづき、ポールは催促をしてみることにした。「万事順調か?」

応答はなかった。コンピュータがクラッシュして、制御室で罵声《ばせい》が飛び交うような事態が起きているのかもしれない。その場にいなくてよかったと、ポールはつくづく思った。

後ろを振り向くと、〈ジェミニ〉の船橋から人影が現われ、メインデッキのほうに階段を降りてくる。

ポールは近づいてきたガメーに頬笑みかけた。身長五フィート一〇インチは女性にしては長身だが、背の高い女性にありがちな、痩せてか細いという体形ではない。なんなら魅惑的にもなれる。いまは他の乗組員と同じカーキ色のスラックス、NUMAのポロシャツという恰好だった。黒みがかった赤毛はきれいに後ろでまとめられ、金色の糸でGEMINIと刺繍《ししゅう》されたNUMAのキャップの下にしまいこまれている。ガメーも青い瞳をいたずらっぽく輝かせてにっこり笑った。

「一緒に散歩することにしたのか」ニューハンプシャーの出身らしいアクセントで彼は言った。

「じつは、悪い報らせを伝えにきたの。店じまいして南へ行かないと」

「南？　なぜ？　きみならスケイトを元どおりにできるよ」

「スケイトのことじゃないわ。新たに指令が出た」

ポールは船が左へと方向転換していくのを感じた。「一時も無駄にしないんだな」

「ダークから、重要案件でカートとジョーを手伝ってほしいって」

「たしか、カートとジョーは休暇中だったぞ。その案件というのは保釈金だとか、ふたりをどこかの国からこっそり連れ出すなんてことが関係しているのかな？」

「ダークのことだから」ガメーはポールの腰に腕をまわして言った。「口が重いのよ。現場に行けば詳しいこともわかるって」

それを聞いたポールの疑念はいっそう深まった。ガメーの言葉を裏づけるように、〈ジェミニ〉が速度を上げるのを感じた。

「正確な目的地は？」

ガメーは首を振った。「ダークからは、防寒具を出しておいてくれって、それだけ」

「だから外に出てきたのか」

「いまのうちに太陽を浴びておいたほうがよさそうだから」

ポールとガメーは、オースチンとザバーラと緊密に連携する仕事をたびたびしてきた。そしてほとんどの場合、いったん事が進みだすと予想を超える事態に巻きこまれた。そのパターンがつづくとすれば、この一日二日を最後に、当分はのんびりもできなくなる。

「散歩しないか？」とポールは誘った。

「かまわないかしら」ガメーは答えた。

16

一七〇〇時
東シベリア

カムチャツカ平野の草原に靄《もや》が降りてきた。灰色のまだら模様の空が山の峰々を隠し、雨を予感させた。

「引け！」

その声で、数個のケージの戸が開かれた。羽ばたきがどっと起きた。

銃声が三度、鳴り響いた。別方向に逃げる三羽の鳥が、羽毛を埃のように飛び散らせて立てつづけに落ちてきた。

殺戮《さつりく》の場の中央に立ち、アントン・グレゴロヴィッチは散弾銃のブリーチに次の弾を送り込んだ。三発撃ち、三発命中。

自分の腕ににやりとしながら銃を下ろし、円形に並べたケージのそばでしゃがむ十代の助手ふたりに目をくれた。「残り何羽だ？」

「四羽」少年のひとりが答えた。

「今度は全部だ」グレゴロヴィッチは命じた。

少年たちはうなずいて、ケージの準備をした。灰色の翼の鳥たちが籠《かご》のなかでそわそわと跳ねた。

グレゴロヴィッチは静かに立っていた。頭を下げ、目を閉じて羽ばたきの音に耳を澄ました。

身長六フィート二インチ、体重二四五ポンドのグレゴロヴィッチは、摂氏四度をかろうじて上回る気温にもかかわらず、北極用迷彩柄の作業ズボンだけで、シャツは身に着けていなかった。筋肉質の身体に脂肪は一パーセントしかない。ロシアのオリンピック代表チームが開発した、ほぼ純粋なタンパク質と強化サプリメントと栄養剤を常食としている。不動で立つ姿は、彫刻家が石塊から彫り出した理想の人間像のようだった。

日ごろからステロイドやヒト成長ホルモンなど、世界のスポーツ機関が禁止している物質を摂取しているだけに、いろいろな意味でどんなアスリートよりも体調はととのっている。

それも当然。彼の世界では、失敗した結果は銀メダルでも大会からの敗退でもない。

調子が悪ければ死ぬことになる。

「いつでもいいぞ」と彼は静かに言った。

しばらくは音がしなかった。少年たちが這っていき、ケージをそっと動かすのが感じられた。彼らは何も明かすまいとしているのだ。こちらを試そうとしているのがありがたい。グレゴロヴィッチは目を閉じたまま、心拍数を一定に保ち、精神を研ぎ澄ました。数秒が過ぎ、いきなりケージの戸が開く音がした。

グレゴロヴィッチはさっと頭を上げ、目を開けた。瞬時に鳥たちを視線に捉えた。やはりばらばらな方向に飛んでいる。アメリカの古い西部劇に出てくるガンマンさながら、腰につけたホルスターからマカロフ拳銃《けんじゅう》二挺《ちょう》を引き抜いた。

両手の銃とともに右に回転し、ふたつの引き金を絞った。その方向の鳩《はと》二羽が同時に落下した。

左へ身をひねり、低く飛んでいる第三の的を見つけた。右手で狙いをつけて二度撃った。鳩は丈の高い草むらに落ちた。四羽めはすでに五〇ヤード先にいる。

グレゴロヴィッチは両手の銃を発砲し、片翼を奪った。鳥は第二次世界大戦で撃墜された戦闘機のように、螺旋を描いて転落する。とどめの一発を放つまえに地面を叩いた。

「くそっ！」

できるだけ姿勢を低くしたまま、少年たちが不安そうに彼をちらりと見た。ふたりの目に恐怖が見て取れた。彼らを安心させようとしたとき、別の音が凍原《ツンドラ》のむこうから聞こえてきた。飛んでくるヘリコプターの音だった。

グレゴロヴィッチが首をまわすと、空を覆う雲の下をのっそり進んでくる不恰好なMi-24型ヘリ一機が見えた。短い翼の下の格納容器《ポッド》にミサイルと多銃身機関砲をそなえている。頭上の六枚羽のローターが、絶え間なく空気をかきまわしていた。

ヘリコプターは徐々に高度を下げ、接近しながら速度を落とすとホバリングにはいった。やがて五〇ヤード離れた草むらに接地した。エンジンがアイドリング状態にならないうちに、側面のドアが開け放たれると、厚手のコートを着た男が降り、グレゴロヴィッチに向かって歩きだした。

その距離でも男の正体はわかった。ロシアの石油王のひとり、ドミトリー・イェフチェンコだった。

ソビエト連邦の崩壊にともなって、イェフチェンコは富の争奪戦にくわわり、死にかけていたシベリアの石油生産地域を一種のユーラシア帝国へと変貌《へんぼう》させた。新興億万長者のご多分に洩れず、イェフチェンコも頂点に立つためには手段を選ばなかった。だが凡百とは異なり、災難の兆しを目にしたときに変化の必要性を理解した。

いま彼の企業は共産党員の金づるだった。彼は党員の友人や家族を雇った。避けられない汚職や盗みには目をつぶり、これも一種の税金と考え、別系統の項目として経営計画に組み込んだ。

しかし、過去はなかなか隠せなかった。イェフチェンコが望んだからといって消えはしなかった。数カ月前、ひとりの記者が真実を探りはじめ、核心にかなり近づいたところで飛行機事故に遭って死んだ。熱心なあまり多くを求めすぎた政治家は、それとはちがう運命をたどった。黒海で溺《おぼ》れ死んだのである。

イェフチェンコがシベリアの殺し屋と呼ばれたのは偶然ではない。彼の敵の死体がいたるところに転がっていた。だが、その呼び名は間違っている。イェフチェンコは誰も殺したことはない。いつも彼に代わって手を下したのがグレゴロヴィッチだった。

「馬を引け」グレゴロヴィッチは少年たちに告げた。「また村で会おう」

少年たちは命じられるままに動き、イェフチェンコが近づくまでに姿を消した。

「最近は子どもと遊んでいるのか、グレゴロヴィッチ？」

イェフチェンコはもとより恰幅《かっぷく》がよかったが、いまは分厚いコートを着ていても丸々太って見えた。モスクワで美味《うま》いものばかり食っているのだろう。

「村の子どもたちだ」グレゴロヴィッチは答えた。「母親からどうしてもと頼まれているし、あの子たちはほかにすることがない」

「なるほど」イェフチェンコは言った。「で、きみは？」

グレゴロヴィッチは灰色のシャツを頭からかぶった。「わざわざ何のために来た？」

「党のメンバーと緊急会議があってな」とイェフチェンコは説明した。

「連中は主導権を握ろうとしているのか？」

「いや、そういうことはない。彼らも、われわれの利益になることはロシアの利益になるとわかってきた」

「では、なぜ幽霊を見たような顔をしている？」

「見てきたからだ」

イェフチェンコの両手はポケットに深々と突っ込まれ、コートの襟が立っていた。三月も半ばだというのに凍えている。シベリアの殺し屋も弱気になったものだ。「話してみたらいい、友よ」とグレゴロヴィッチは言った。

「わが国は何を恐れている？」イェフチェンコが遠回しに問いかけた。「望むものを手に入れられないことか、持っているものを失うことか。わが国のビジネス、わが国の経済、わが国の存在そのものは何よりひとつのものと、そのひとつだけと連結している。エネルギーだ。石炭、石油、天然ガス。わが国はもはや、過去二年間はサウジを抜いて世界最大の原油産出国だ。一〇年間は天然ガスの最大産出国だったし、石炭では世界最大の埋蔵量を誇る。わが国を養うのはその資源だ。われわれはそれを、上がりつづける価格で権力に飢えた中国、インド、ヨーロッパに売る。それはわれわれの生き血にほかならない。だがいま、一瞬にしてそれを奪われかねない脅威に直面している」

グレゴロヴィッチは散弾銃を手にして歩きだした。こんな話をつづけるより撃ち落とした鳥を捜したい。あいにく、イェフチェンコは後をついてきた。

「五年まえ、私はきみをある任務に送り出した」とイェフチェンコは言った。「日本は、周囲の大気からエネルギーを抽出する方法を開発していた。電気だけで走る各種の自動車、石油や石炭や天然ガスを燃やす発電所を必要としない配電網を計画していた。そのうえ、強欲にもその技術を世界各国へ輸出し、より富を得て、われわれの目の前で貧困からの出口をまたもや閉じようとしていた」

「焼尻島だな」

「憶えているのか」

「もちろん憶えてる」グレゴロヴィッチはぴしゃりと言った。「おれが研究所を破壊し、科学者たちを殺したんだ」

イェフチェンコの眉が上がった。「本当に?」

グレゴロヴィッチは草むらで鳩を捜していた。数本の羽と血の跡は見つかった。

「何が言いたい?」

「その手負いの鳩のようなものだ」イェフチェンコは言った。「きみが言うほど完全に脅威が取り除かれたわけではないらしい」

グレゴロヴィッチは捜索を中断してイェフチェンコに顔を向けた。「研究所は全滅した。都市の一街区を破壊できる量の爆薬を使ったんだ。高熱があらゆるものを灰にした。彼らの実験記録は全部消された。それに、そのまえに気の毒なやつらをひとり残らずおれが撃った」

「生き残りがいたんだよ」

「いるわけがない」

「実験がまたはじまった」イェフチェンコは言った。「ひそかにな」

グレゴロヴィッチは顔をそむけ、シベリアの澄んだ空気を大きく吸った。さほど不吉ではない説明を思いついた。

「おれたちは不可避なことを遅らせただけなんだ。この科学理論が正しければ、そのうち誰かが見つけて研究を完成させる。たとえこの理論が間違っていると証明されても、別の方面から変化がもたらされるだろう。ある日、一〇〇パーセント無駄のないソーラーパネルとか、潮か波か風からエネルギーを経済的に生産する方法が生まれるかもしれない。そうなれば、この世界にあるガスプロムやらアラムコやらエクソンやらは必要なくなるだろう」

「そうだ、そのとおりだ!」とイェフチェンコは叫んだ。「だが、そうなるのはあと一〇〇年待ってもらおう。われわれはこの三年で一〇〇〇億ドルを費やして、石油と天然ガスの埋蔵量を買い占めた。この産業のインフラに政府予算の大きな部分が注ぎこまれた。その投資を無駄にはできない。いまはだめだ、この重大時には」

グレゴロヴィッチは鳩捜しにもどり、ブーツで丈高い草を踏んで血の跡をたどった。

「日本人がこのシステムを開発するとしても、インフラが出来あがるまでに数十年はかかる。世界を変えるにはさらに数十年」

「いいや、変化はいきなり起きる。ひと昔まえまで、携帯電話は金持ち向けの小道具だった。それがいまや地球を覆わんばかりだ。全世界の電話会社にしたら、地上通信線の敷設にかけた数兆ドル規模の電話網は、急速に価値を失っている」

鳩はまだ見つからない。グレゴロヴィッチは一息つくと老いた師に注意をもどした。

「不安をさらけだすなんてあんたらしくないな。モスクワの暖かい懐に長くもぐりすぎたんじゃないか」

「いまさら妬《ねた》むのか。私と一緒にやれたのに」

「で、あんたみたいにびくびくしながら生きるのか?」グレゴロヴィッチは首を振った。「あんたは夢物語やありそうもない未来に抗《あらが》うようにわめきちらしている。それがおれにはわからない。本当は何を恐れてる?」

イエフチェンコがさらに身顫《みぶる》いしたように見えた。口ごもり、やがて切り出した。

「脅迫状を受け取った。私たちがしたことの罰を受けてもらうと言うのだ。セロ本人から届いた。あそこにいた者しか知りようのないことが書いてあった。焼尻島の犠牲者の仇《かたき》を討つ、彼らの血は一〇〇万倍にして返してもらうとね。平和のために設計されたものが、これから戦争に利用されるのだ」

グレゴロヴィッチは思いめぐらした。この手で起こした爆発と火災のあと、生存者がいたとは思えない。研究所は幅二〇〇フィートの煙を噴くクレーターと化した。紅蓮《ぐれん》の炎に、かなりの距離を取ったグレゴロヴィッチともうひとりの特殊部隊員も火傷を負った。「誰かが彼の名を騙《かた》ってあんたを脅してるんだ」

「たぶん」イェフチェンコは同意した。「しかし、いずれにしても彼らを止めなければならない。そして、これをかぎりにあの技術は破壊されなければならない」

グレゴロヴィッチは、そんな悪ふざけするのは誰かと考えた。「そういえば、女がひとりいた。オーストラリア人。セロの仕事仲間で、彼の息子と娘の友人だ。その女が研究は時間の無駄と批判して、セロたちが日本へ移っても、ひとりオーストラリアに残った」

イェフチェンコはうなずいた。「すでに彼女には監視をつけてある。彼女は首謀者ではない。が、いずれわれわれを脅かす存在だ。とくにいまはアメリカ人どもと行動しているからな」

「あんたの悩み事に、どうして連中が首を突っ込んだ?」

「オーストラリアで事件があってな。きみが口にしたその女が、国立海中海洋機関のアメリカ人に助けられた。われわれは、その機関もセロを追っているとにらんでる。所属の船二隻が方向転換してパースへ、もう一隻がシドニーへ向かった」

グレゴロヴィッチも、NUMAの噂は聞いていた。彼らは実際には民間として活動しており、スタッフは科学者と理想を追う環境活動家が大半を占めるが、ロシアではアメリカのNSAの支局とみなす者もいる。グレゴロヴィッチはそんな考えに与《くみ》しない。しかし、そんな彼でさえ、NUMAがCIA以上に厄介な存在であると認めざるを得なかった。

「なぜNUMAなんだ?」

イェフチェンコは肩をすくめた。「わからない。だが、めぼしいものは盗んでアメリカのために開発するつもりなんだろう。きみなら納得すると思うが、そんな結末は断じて受け入れがたい」

イェフチェンコと党指導部が最も恐れるのはそこだろう。「最初におれの話に耳を傾けるべきだったな」とグレゴロヴィッチは言った。「おれなら、セロと仲間の科学者をあんたの元に連れていった。目玉商品として利用できたのに」

「われわれの望みは現状維持だ」とイェフチェンコは言った。「そこを保証するのがきみの仕事だった。党の立場として、そこはいまもって変わらない」

イェフチェンコの目つきはとげとげしく、その口調は辛辣《しんらつ》なものだった。どうやら、彼の魂にはまだ火種が燻ぶっていたらしい。少なくともこの件に関しては。

「つまり何を言いたい？」

「きみはセロまたはその名を騙る者を捜し出して抹殺しなければならない。彼らの研究の全記録を、その努力の痕跡をすべて消去しなければならない。今回こそ、われわれに付きまとう糸くずも残さぬように」

グレゴロヴィッチはその文脈を理解した。これは要請ではない。「おれは失敗してない」

「きみの手をすり抜けたものがある」

その当てこすりに腹が立った。ほかに説明のしようがあるだろう。それは自分で見つけなくてはならないらしい。「セロを止めたいなら、まずはそっちで居場所を突きとめることだ。あの女が手がかりになる。アメリカとオーストラリアが女を利用している理由は、間違いなくそこにある」

「どういう意味だ？」

「女を見張らせているんだろう？」

イェフチェンコはうなずいた。

「女を捕まえて、おれのために用意される指揮所へ連れてこさせるんだ」とグレゴロヴィッチは提案した。

「船を一隻用意した。きみの到着を待っている。きのう、特殊部隊が空路到着した。状況は知らせていないが、きみの指揮下にはいることになっている」

「部下は自分で決めたい」

「だめだ」

グレゴロヴィッチは前方の草むらで動くものに気づき、顔をそちらに向けた。彼が負傷させた鳩が、傷ついた身体を必死に引きずって草地を進もうとしている。ふと、散弾銃で吹き飛ばすことを考えた。だが、もはやどうでもいい。追うべき新たな獲物が現われたのだ。

イエフチェンコも鳩を見て、前に進み出た。

「放っておけ」グレゴロヴィッチは言った。「苦しませておけ」

イエフチェンコは引きさがった。喜びと不安が半々といった表情だった。「きみは冷たい男だ、アントン・グレゴロヴィッチ。だからきみを選んだ。われわれを二度と失望させるな、でないときみが苦しむことになる」

17

〇五四〇時
インドネシア　ジャカルタ

一面、靄に覆われたタンジュンプリオク港に太陽が昇り、果てしない船の列とひどく長いコンクリート桟橋から延びるクレーンやブームの林を照らした。赤道直下の南緯七度で、ジャワ海からつねに湿気が流れこむ港は、朝のこの時間からすでに蒸し風呂状態だった。

少なくとも、六十五歳のパトリック・デヴリンは、明け方の陽のなかをあてもなく歩きながらそう感じていた。

海で仕事をして四〇年、デヴリンに隠退の時期が迫っていた。その思いが大きくのしかかり、朝まで飲みつづけたことで内省的になっていた。隠退してどうする？　家族はいないし、船乗りや酒飲み仲間のほかに真の友はいない。

「この臭い土地を見るのも、これが最後だなんて信じられない」やはりくたびれた飲み仲間で、同じアイルランド人のキーンに語りかけた。

「あれがここで最後の夜なら、上々の出来だったぜ、パディ。まさにアイルランド流だ……あんたは全員を酔いつぶした。で、勘定書を置いてきた」

インドネシアはイスラム教国とはいえ、ジャカルタ市街には酒を飲める場所がいくらでもある。けっこうなことだった。なにしろ港はますます混雑し、積み込みと荷降ろしの順番待ちで、何日も停泊させられることがあったからである。この一〇年で港にはいってくる船の数は三倍にふえた。ハイピッチで建設工事がおこなわれているにもかかわらず、港の収容能力は一向に追いつかない。

「考えてみりゃ」キーンがさらに言った。「国じゃ、目が覚めたら喉に埃が張りついてるとか、顔から汗が垂れるなんてことはないんだ」そこでつまずいたキーンは、なんとか体勢を立てなおした。「それに、死人だって目を覚ます空襲警報みたいな音が、朝っぱらから流れることもない」

ジャカルタのモスクから流れるムアッジンは、やたら喧《やかま》しいことで有名で、しかもやたら早い時間から響きわたる。最近ようやく午前三時から、多少はましな四時半に変わった。

それでもまだ早い、とデヴリンは思った。だが、それすら懐かしくなったりもするんだろう。いわゆる異国情緒というやつだ。

「船長になるつもりだったんだぜ」

「もう降参か？」と訊くキーンは舌がまわっていない。

デヴリンは笑った。若いころから船長と船主になろうと思ってきたのだが、数年まえのある出来事をきっかけに、おれは本当に責任ある地位に就きたいのかと自問するようになった。そのせいで飲酒癖も危険な針路をたどった。船長は乗組員と酒を酌《く》み交わしたりはしない。自室でひとり飲む。それに残酷な決断を強いられることも多い。いまも頭から離れないような類《たぐい》の決断を。

「まっぴらだ」デヴリンは強がって言った。片腕をキーンの首にまわすと、ヘッドロックとハグを兼ねたような動きになった。

ふたりして大笑いするうちに、船から乗ってきた小型のモーターボートのところまで来た。銅板を積んだその貨物船は、沖がかりで果てしない列に並んでいる。

ボートに乗りこむと、デヴリンは操縦席に着いた。一方、キーンは横になれそうな場所を見つけて、並んだ三席の上に身体を伸ばし、オレンジ色の救命胴衣を枕にして頭を置いた。デヴリンが舫《もや》い索を解くまえから、キーンは早くも大いびきをかいていた。

「それでいい」デヴリンはつぶやいた。「おまえは寝てろ。いつものようにおれが全部やる」

索を解いたデヴリンは小型ボートのエンジンをかけ、混雑した港を慎重に進みはじめた。

そこらじゅうを小型船が走っていた。タグボート二隻に曳《ひ》かれた巨大なばら積み船が水路へ出ていこうとしている。ほかの船上では乗組員が岩の上を動くカニさながら、ペンキを塗ったり擦ったりと、錆や腐食との終わりなき戦いの最中である。

デヴリンはそんな光景を尻目《しりめ》に貨物船の停泊場所をめざした。正規の航路を採って待機する船舶の横をゆっくり進んでいるとき、ある船に目を留めた。

ボートをわずかに減速させ、デヴリンはその黒い船体とダークグレイの上部構造に目を凝らした。どことなく見憶えがある気がした。小型クルーズ船のようでもあるが、暗色の塗装は華やかどころか人目を惹かない。見れば見るほど奇妙に思えてきた。救命艇やレーダーマストもなく、アンテナすら付いていない。もっと言えば、現代の船舶にあるはずの付属物が一切なかった。

デヴリンは酔った頭で必死に理解しようとした。デッキに人影はなく、活動している様子もなかった。その船自体が、部品をはずされた廃棄船を思わせた。船体の暗い灰色は黒焦げの鋼鉄のようだが、煤で覆われているわけではなく、故意にその塗装が施されていた。

デヴリンは無意識にボートをその船に近づけ、船首を回りこんだ。そこで見たのは目新しい、そして見間違いようのないものだった。

「まさか」デヴリンは口走った。

目の前にあるのは、急場しのぎで金属板を張って修理した跡だ。厚さも硬度もさまざまな鉄板が、船体の裂け目を覆い隠すように溶接され、鋲《びょう》で固定されている。その上からさらにべったり黒く塗装されていたが、ぎざついたH字形の修理跡は明白だった。

キーンを大声で呼んだ。「起きろ。こいつを見ろ」

キーンはぶつぶつ言いながら寝返りを打った。

「キーン⁉」

返事がなかった。あきらめて船に向きなおった。すっかり目が覚めていた。

「こいつは亡霊だ」とつぶやきながら、黒い船体にボートを寄せていった。「とんでもない亡霊か、錯覚か」

信じられない思いで毒づいていると船に接触した。塗装面に手を伸ばした。妙な、ゴムのような感触がある。だが船はたしかに本物だった。

身体の内から抑えきれない怒りが湧いてきた。アイルランド人が持つ暗い激情。数年来の罪悪感と自己嫌悪がそれを煽《あお》った。誰かが騙《だま》そうとしているのか、それともずっと騙されつづけてきたのか。

船首を過ぎて船尾へ向かった。舷梯《げんてい》が船の最後部の低い位置から斜めに延びていた。その最下段は、港の油ぎった海面から八フィート上にある。デヴリンはボートを横付けした。

スロットルを切り、傾斜した梯子に索をゆるく結んだ。キーンにはかまわずボートの屋根に昇り、そこからもたつきながら舷梯に足を掛けた。

体重がかかって船体にぶつかったが、舷梯は持ちこたえた。音が響いたにもかかわらず、出迎える者も追い払おうとする者も現われない。

デヴリンは昇りはじめた。ふるえる脚で最初はゆっくり、やがて確信を強めると勢いがついた。「おれはおまえが沈むのを見た！」と船に向かって叫んだ。「おまえが沈むのをこの目で見たんだぞ！」

船上に近づく最後の数段で足がもつれた。息が切れ、涙もこみあげてきた。船尾の浮き出した文字が見えた。ゴムのような黒い塗装に隠れてはいたが、削られずに上から塗り重ねられていた。

伸ばした手を届くかぎりの文字に這わせた。船と同じく現実だった。

〈パシフィック・ボイジャー〉。

さながら波に呑まれた男のように、デヴリンは感情のうねりに翻弄《ほんろう》された。混乱と悲しさ、そして昂揚《こうよう》した気分がほぼ同時に襲ってきた。どうしてこの船がここに？誰かが引き揚げたのか？　おれの知るかぎり、残骸のありかもわからなかった。

デヴリンはこれが夢ではないことを祈りながら、その場で子どものようにすすり泣いていた。すると船上に足音が聞こえた。舷梯が主甲板と接する部分で手すりが引かれたのにつづき、舷門の軋む音がした。

見あげると、男が現われた。ひげを生やしていたが、その顔には見憶えがあった。二組の目が、いま見ているものと遠く色褪《いろあ》せた記憶をつなごうとして数瞬が過ぎた。レースに勝ったのはひげ面のほうだった。淋《さび》しげな笑みがその顔に広がっていった。

「よお、パディ」思いやりと哀愁の入り混じった声だった。

「ヤンコか？」とデヴリンは言った。「生きてたのか？　この船もろとも沈んだのに」

ひげ面の男は手を差し出し、引きあげたデヴリンを甲板に立たせると、酔った老水夫を慰めにかかった。

「おれたちを見つけてほしくなかったよ」とヤンコは言った。

「おれたちって？」

「すまないな、パディ」

そう言って、ヤンコは手にした装置をデヴリンの脇腹に押しつけた。その一撃に老水夫は茫然としたが、その後の衝撃のほうがダメージは大きかった。デヴリンは身体を痙攣させて後ろざまに倒れた。デッキを打ったときには意識がなかった。

ヤンコの背後の防水ハッチが開き、ふたりの男が飛び出してきた。

「大丈夫ですか？」と、ひとりが声をかけた。

ヤンコはうなずくと装置をポケットに入れた。「ボートを確認しろ」

ひとりが梯子を駆けおりていった。もうひとりはデッキに横たわるデヴリンに目をくれた。「こいつがどうしてあなたのことを？」

「おれが契約していたタグボートの機関長だった。大時化《おおしけ》のときに索を切ったやつだ。あの様子からして、ずっと自分を責めてたんだろう」

「どうしますか？」

「下へ連れていけ。死体は目を惹く。行方不明のほうが説明がつく。それもああいう酔っ払いはな」

下のモーターボートから声があがった。「ボートにもうひとりいます。酔いつぶれてます」

「ここに来たときには眠りこけてたんだろう」ヤンコは思いを口に出した。「なにも憶えてやしない。索を解いて漂流させとけ。目が覚めたら、こっちの男は海に落ちたと思うだろう。海でよくある悲しい事故だ」

下の男が索をはずしてボートを押しやり、梯子を上がってきた。

「出発するぞ」デヴリンを抱えてハッチに運ぼうというふたりに、ヤンコは告げた。

「で、そのあとは？」ひとりが訊ねた。「こいつが目を覚ましたらどうしますか？」

「見棄てた船のいまの姿を拝ませてやる。それから、韓国の貨物船の乗員たちと同じ穴に放りこむ。みんなと一緒にゼロのダイアモンド掘りをやってもらおうか」

18

オーストラリア内陸部　アリススプリングズの南

通称〈ザ・ガン〉は、長大な金属の蛇のように砂漠を突き進んでいた。燦《きら》めく客車二〇輛を赤煉《れん》瓦《が》色のディーゼル機関車二台が牽《ひ》いている。

オーストラリアの無人の内陸部の地図製作に協力したアフガニスタン人に敬意を表した名称を持ち、ラクダのロゴをあしらった〈アフガン・エクスプレス〉は、北部のダーウィンから中間地点に程近いアリススプリングズを経由して南岸のアデレードを結ぶ、大陸縦断列車である。アリススプリングズには数日ごとに各方面行きの列車が停車する。

停車時間が四時間あるので、その小さな町の見物もできるのだが、夕暮れが近づくと乗客たちは列車にもどりはじめた。オースチンとヘイリーは出発直前に乗りこんだ。

「わたしたちの正確な目的地はどこ?」とヘイリーが訊ねた。

オースチンはなにも言わなかった。黙って歩きつづけ、列車の最高級クラスであるプラチナムカーまで来た。旅客係がコンパートメントのドアを開けると、小テーブル、夜はベッドに変わる大型のプラッシュ製ソファ二台、専用のトイレとシャワー室つきのこぢんまりしたラウンジが現われた。客船の個室と同じで窮屈だが、モダンなデザインと装飾のおかげで実際より広く感じられる。

「どっちでも好きな側を選んで」とオースチンは言った。「食通向きのディナーをのんびり待とう」

ヘイリーが指をさし、オースチンはその椅子の脇に彼女の小さな手荷物を置いた。

「わたしを感心させたいの？」

「かもしれない」オースチンは認めた。「でも、あんな目に遭ったあとだから、すこしは大切にされてもいいんじゃないかと思ってね。普段の生活を離れてこんなことをするのは、そうあるものじゃない」

ヘイリーの顔に穏やかな笑みが浮かんだ。驚きながらもほっとしているようだった。

「わたしに必要なことを誰かが考えてくれたのって、もう永遠の昔のような気がする。ありがとう」

「どういたしまして」オースチンがそう言って荷物を片づけていると、列車が動きだした。

一時間後、夕闇が訪れた。客室の大きなはめ殺しの窓のむこうで、藍色《あいいろ》の空と黒く塗りつぶしたようなマクドネル山脈がゆっくりと溶けあっていく。そんな景色のなかへ、専用客室係のワゴンで夕食が運ばれてきた。

オースチンは客室係にチップをはずむと、ソムリエ兼給仕長としてヘイリーの膝に布ナプキンを広げ、ワインの説明にかかった。

「二〇〇八年のペングローヴのカベルネ・ソーヴィニヨンです」

「上品なカベルネは好きよ」ヘイリーはプレゼントを待つ子どものように目を輝かせた。

「これは飲んだことがないんだが、とても口当たりがよくて、かすかにリコリスとバニラの香りがするらしい」

オースチンはコルクを抜くとヘイリーのグラスを取り、一〇インチほどの高さからワインを注いだ。「うまく注ぐとワインに空気がはいりやすくなる。空気にふれると風味がよくなるんだ。それでも二、三分は置かないと」

「いいじゃない？」とヘイリーが応じた。「ブドウはこんなふうにつぶされて、何年も閉じこめられていたんだから。すこしは新鮮な空気を吸わせてあげないと可哀そう」

オースチンは自分のグラスにも注いでボトルを置いた。

つぎに、ふたりの前に置かれた料理の保温カバーを持ちあげた。まずはアボカド色のグリーンに赤いものを散らしたスープだった。「エンドウ豆とハムのスープ、ガーリック風味」

「美味《おい》しそう」

ふたつめの絶品料理のカバーを取ってつづけた。「牛のあばら肉の蒸し煮、フダンソウのグラタン添え。そして本日の傑作は……」と言って最後のカバーをはずした。「甘いカスタードとブランデーに浸したブレッドアンドバター・プディング」

「それからいただきたいわ」ヘイリーは言った。「辺境を走る列車で、こんなすてきなお料理をどうやって用意するのかしら？」

「それがプラチナムサービスなんだ。それに、シェフはぼくの友人でね。少なくとも数時間まえから」

彼女は深く息をついた。「これが旅なら克服できるかもしれない」

オースチンが腰をおろすと、ヘイリーはスープを口にはこんだ。

「あんなに勇敢で聡明《そうめい》なのに、旅を怖がる人に会ったのは初めてさ」

「おかしな話でしょう。統計によると、旅行をふくめた移動で最も危険なのは、車で空港へ行く道のりなのよ。航空力学は理解してるし、物心ついてからは遠く離れた場所を夢見てきたけれど、いざ家を出ようとすると何かにつかまれてしまって」

「いまは大丈夫そうだね」

彼女は頬笑んだ。「一緒にいる人のおかげかも」

「どこへ行っても、ぼくのことはきみの専属ガイド兼保護者だと思ってくれ」

「本当はわたしも世界を見てみたい。それに宇宙も。宇宙飛行士になるのが夢だったわ。なんか馬鹿みたいだけど、シドニーを出るだけで具合が悪くなりそうなのに」

「宇宙とは大きく出たな。まずはパースからはじめよう」

ふたりは〈ザ・ガン〉でポートオーガスタまで南下し、そこで西行きのオーストラリア大陸鉄道に乗り換えることにしていた。

その後の二〇分は、列車の雰囲気と軽い揺れを楽しみながらの食事とおしゃべりがつづいた。プディングをお代わりして一息つくと、オースチンは心を占めていた疑問を口にした。

「ゼロ点エネルギーのことを話してほしいんだ」

ヘイリーは飲み干したグラスをオースチンのほうに滑らせた。オースチンはそこに半分ほど注ぎ、自分のグラスも満たした。

「ゼロ点エネルギーは比較的わかりやすい概念よ。あるシステムから引き出せるすべてのエネルギーが引き出されたあとに、そこに残っているエネルギーのこと」

彼女はワインのボトルを示した。「このボトルがそのシステム、またはエネルギー場だと想像してみて。あなたかわたしがそこにストローを挿して飲むことにする」

「そんなことは絶対にしない」

「何がなんでも飲みたいってわけじゃなければ」ヘイリーは共犯めいた笑顔で応じた。

「でも、わたしたちが慎みを失って、それをやろうとしたら、ストローの先までエネルギーを吸いあげることができる。でも、ストローより下のワインは手つかずで残るわ。その手の届かないワインが、つまりゼロ点エネルギーなの」

「もっと長いストローを見つけないと」

「そのとおりよ。ただし物理学では、ある時点で、もっと長いストローは存在しないとしている」

「実例を教えてくれないか」

「その典型はヘリウムね。冷やされると標本内の分子の動きは遅くなる。そしてヘリウムは気体から液体に変化する。絶対零度になると凍って固体になり、内部の分子の動きはすべて停止するはずね。でも、どれだけ温度を下げても、それこそ絶対零度まで下げても、通常の気圧下ではヘリウムはけっして固体にならない」

「というと？」

「システムにエネルギーが残っているから。取り除くことのできないエネルギーが」

「それがゼロ点エネルギー？」

「そのとおりよ」

「じゃあ、それを取り除けないとしたら、そこに手が届く望みはあるんだろうか?」

「そこはね」ヘイリーは慎重に言葉を選んだ。「どんなことでも、可能だと証明されるまでは不可能よ。理論上、わたしたちのまわりにはゼロ点で存在するエネルギー場がある。そうした場の存在を前提とするその理論は、この隠れたエネルギーを取り出せる可能性があることを示唆している。送電網内の電子を取り出して、電気という利益を獲得するように。ただ、まだ誰もそれをできずにいるけれど」

まるで大昔の架空のエーテルの話を聞いているようだった。かつて科学者が真空空間なるものがあると知らなかった時代、惑星や銀河のあいだの空間に満ちていると考えられていた物質である。

「試した者はいるのか?」オースチンは訊ねた。「きみとセロ以前にという意味だが」

「勇気のある数人がね。ニコラ・テスラの名は聞いたことがあるでしょう?」

オースチンはうなずいた。

「テスラは最初のひとりだった。一八九〇年代に、名づけて力学的重力理論なるものの展開をはじめた。長年構想して一九三七年に完成させたとき、少なくとも重力の原理についてはアインシュタインの相対性理論を凌駕《りょうが》するものだと自負していた」

「重力の原理はわかっていないのか?」

「重力が何をするものかはわかってる。でも、重力がどのようにそれを引き起こすのかはわかっていない。テスラは、それはあらゆる場所に存在する一種のエネルギー場とつながっているけれど、なかにはほかと比べてエネルギーの凝縮度が高い場があると考えた。そのうえで、その場は開発可能だから無制限のエネルギー源となり、熱核爆発や大量虐殺ではなくて、平和と繁栄をもたらすものともなると信じた」

「つまりきみは、ゼロ点エネルギーと重力は結びついていると言っているのか？」

ヘイリーはうなずいた。「テスラが正しければ――そしてアインシュタイン以下が間違っているなら――そう、そのふたつは非常に複雑に結びついているわ」

オースチンは言った。「ゼロが脅しを実行に移せる程度には複雑に？」

彼女はふと考えこむような様子を見せた。「テスラはその理論の研究に四〇年かけたわ。人生の半分以上を。そして世界に向けて声明を出した。ついに力学的重力理論を完成させ、すべてが解明された、でもその中身はけっして公表しないと。その後、彼はその研究をしまいこんで、二度と発言しなかった。ウエスティングハウスとエジソンに裏切られたせいで笑いものにされ、貧困に喘いでも、テスラは力学的重力理論を墓場まで持っていった」

オースチンが初めて聞く話だった。「その研究記録が公けになったことは？」

ヘイリーは首を振った。「テスラが死んだとき、あなたの国の政府は彼の所有物と資料をすべて押収した――法的根拠などないにもかかわらず。一年ほど経ってようやく家族に返還された。そこにゼロ点エネルギーと力学的重力理論に関する研究はなかったわ」

オースチンはヘイリーの話に思いを凝らした。テスラは天才だがマッドサイエンティストだったという評価があることは知っている。また、もとより平和主義者とされていたことも。テスラが自身の理論の全記録を破棄したことは充分考えられる。あるいは連邦政府が保有する厖大《ぼうだい》な公文書のどこかに、テスラの名が記されたファイルがあって、そこに行方不明の論文が存在するのかもしれない。オースチンは次に報告する際、ダークにこの情報を伝えようと心に留めた。

「実際のところ」とヘイリーがつづけた。「わたしたちは自然の持つ根本的な力を扱っているの。そのままにしておくのが最善だと言う人は多いでしょうね」

「でもゼロは放っておかずにいる」とオースチンは指摘した。「彼の研究が飛躍的に発展したら何が起きる？」

「成功すれば莫大《ばくだい》なエネルギーが放出されて、短命でもきわめて強力な重力変化の副次的作用が生じる」

「わかるように話してくれないか」

「地球が蒸発して消えたりはしないでしょう。無重力状態の宇宙飛行士みたいに、わたしたちが椅子から浮きあがったりすることもないわ」

「じゃあ、どうなる？」

「最初に、最も劇的にそれが現われるのは海でしょうね」

「潮汐《ちょうせき》か」

「そのとおり」ヘイリーは答えた。「地球の海は月の引力に引っぱられてる。陸地も引っぱられてるけれど、断層線以外は海の水とちがって固定されているから」

「ここで話してる力の大きさは？」

「送られてきた資料が妥当なら、産業革命がはじまって以降、人類が生産して使ったすべてのエネルギーより多いかもしれない」

　オースチンは二の句が継げなかった。聞かされる話が信じがたいと思ったのは、この二日間で二度めだった。

「そんなことが可能なんだろうか？」

「原子力潜水艦が、ウランの小さな塊《かたまり》で数年間も動くのと理屈は同じ。たった二〇ポンドのプルトニウムで大都市を跡形もなく消せるのと。普通の人間の目には見えない場所に、莫大なエネルギーが隠されているの」

「しかし、大陸をふたつに割れるだろうか？　ぼくはカリフォルニアで大地震を経験した。高速道路やビルは倒れても、俗に信じられているのとは逆で、州の半分がちぎれて太平洋に浮かぶことはない」

「ええ。大陸が分かれて海ができるという話じゃないわ。でもセロは馬鹿じゃない。最初の地震はテストだった。たぶんタスマン鉱山の基地で作動させたんでしょう。それは当然、小型の試作品だったと考えるべきなの。次回はもっと、ずっと強烈な一撃をしかけてくるはずよ。それも母なる自然が半ば仕事を終えた場所に」

「いったい何の話だ？」

「オーストラリアには形成初期の地溝帯があるの。アフリカの大地溝帯のような。アデレードから北東のグレートバリアリーフにかけて走ってる。一億五〇〇〇万年まえに形成がはじまり、理由はわからないけど止まった。その一帯の地殻は薄くて亀裂がはいっていて、動きがなかった一億年分の圧力が放出されるのを待っているわ。

もしセロがその兵器をこの地帯に向けて、重力のゆがみを生み出し、プレートにほんの数インチでも亀裂を入れれば、長い時間で蓄積した圧力が一気に放出されるかもしれない。つまり一定期間連続する地震が発生する。地溝帯沿いに立てつづけに数百回とか。通常なら一万年かかるものが一日か一週間か、ひょっとしたら数時間で起きるかもしれない。そうした震動がもたらす荒廃は、マグニチュードなんかの尺度では測れないわ。オーストラリアの都市も町も村も瓦礫《がれき》と化すでしょう。崩れない建物はひとつもないと思う」

オースチンは声もなくその要点を反芻《はんすう》した。ぞっとするようなシナリオだった。

「わかるわ」ヘイリーは、オースチンの沈黙を疑いと受け取った。「わたしは最悪の想定を訴える愚かな学者よ。〝空が落ちてくるぞ――もう一度〟って。このシナリオが現実になったときには、こんなにひどいことになるなんて誰も教えてくれなかったって言い出す人がかならずいる。いまここではっきり言っておくわ、とんでもないことになる」

オースチンの顔は険しかった。新たな思いが浮かんできた。「訊かせてくれ、なぜきみなのか？」

「意味がわからない」

「内通者は資料をきみに送った」オースチンははっきり言った。「どうして当局に直接送ってこなかったんだろう？」

ヘイリーは肩をすくめた。「考えられるとすれば、わたしの経歴のせいかしら。あの声明と計算は、ほかの人にはちんぷんかんぷんでしょう。荷物がＡＳＩＯに直接届いたら、ゴミ箱行きになったとしか思えない」

「なるほど、でもほかにも科学者はいるんじゃないか？」

「それは影の薄い分野だから。わたしたちは小さな集団よ」

「小さくても微小じゃない」

「そう、微小じゃない」

「だからもう一度訊こう。ほかの選択もあるのに、あえてきみを選んだ理由はなんだと思う?」

ヘイリーは長く黙りこんでいた。「わからない」ようやくそう言った。声音に悲しみがもどっていた。かすかな疲れと、それ以上に強い自責の念が漂った。「わからないわ」

彼女はそらした目を夜に向けた。その瞬間、オースチンは彼女の嘘に気づいた。そこを突こうかとも思ったが、列車の動きに微妙な変化を感じて躊躇《ちゅうちょ》した。機関士がスロットルから手を離したのだろうか。

ヘイリーが顔を上げた。「どうしたの?」

「さあ」オースチンが立ちあがったそのとき、急ブレーキがかかった。

車輛が大きく揺れた。オースチンは足を踏ん張り、倒れそうになったヘイリーの腕をつかんだ。皿とワイングラスが宙を飛んだ。鋼鉄の車輪がレール上に軋る音がほかのすべての音を圧し、長さ四分の一マイルにおよぶ列車は急停止にはいった。

ヘイリーをつかんだまま、オースチンは窓外を見やった。列車はごく緩やかな上りカーブに差しかかっていた。前方に客車二輛とディーゼル機関車二輛が見えた。線路を滑る車輪から火花が散っていた。だがオースチンの目は別のものも捉えていた。暗い夜に光る深紅色の小さな点が数個。線路沿いの発火信号とそのすこし先、踏切の線路で立ち往生する貨物トラックの輪郭。その前に立つ男ふたりが躍起になって手を振っている。

急制動はつづき、〈ザ・ガン〉は踏切の手前数百フィートでどうにか停止した。

ここで、ヘイリーもトラックを見た。「運よく停まれたのね」

オースチンは周囲に視線をやった。「なんとなく、運は関係ない気がする」

ヘイリーが答えるまえに、オースチンは予想していたものを認めた。暗がりからスキーマスクの男たちが現われ、動きを止めた列車にまっすぐ向かってきたのである。

19

マスクをかぶった男たちが数カ所に分かれて車輛間の連結器によじ登り、ドアをこじ開けて列車に乗りこんできた。

「何が起きてるの？」ヘイリーが怯《おび》えた声で訊いた。

「当ててごらん」

ヘイリーはすぐに正解にたどり着いた。「わたしたちを追ってきたのね」

「さもなくば、まさかの『明日に向って撃て！』の再演か」

携帯電話をつかんだヘイリーは、助けを呼ぼうとした。「電波は届いているのにつながらない」

「時間の無駄だ。きっと妨害されてる」

外を見ると、二輛先のあたりに男が列車から離れて立ち、前後に目を光らせていた。

「外にひとり配置されてる。外に逃げないか見張ってるんだろう」

スピーカーに声が流れた。発音に多少癖があったが、それがどこのものかの判断がつかない。車掌《しゃしょう》でないことは確かだ。

「どうか落ち着いて。われわれは列車を乗っ取ったが、みなさんに危害をくわえるつもりはない。ふたりの人物を捜している。銀髪で身長約六フィートの男と、男より六インチ低いブロンドの女だ。女の名前はアンダーソン。協力すれば誰も傷つくことはない。邪魔したり文句を言うやつは、殴られるか死ぬことになる」

アナウンスが終わると、オースチンはドアをわずかに開き、狭い通路に目をやった。通路に男がふたり、コンパートメントにはいろうとしていた。図体《ずうたい》がでかくて粗暴な連中で、腕と脚はごつく、顔はスキーマスクで隠している。その動きには気品や気後れのかけらもない。おそらく金で雇われた街の悪党だろう。

その後ろから三人めが歩いてきた。男はより細身で長身だった。スキーマスク越しにも細面《ほそおもて》と落ちくぼんだ目がわかる。押しの強そうな体格の持ち主ではないが、近寄りがたい雰囲気を放つ男である。オースチンは彼がリーダーだと目星をつけた。

悲鳴があがった。揉み合いが起き、誰かが投げ飛ばされる音が客車に響いた。その直後、オースチンと変わらない背丈の男性がコンパートメントから引きずりだされた。その傍らに若い女性がいた。新婚夫婦らしい。

リーダーが彼らをじっと見つめた。「ちがう」感情のない声で言った。「こいつらじゃない」そして無防備な男性を思いきり殴りつけた。「抵抗するからだ」

力が抜けた男性は、かろうじてふたりの賊に支えられていた。まだ終わりではなかった。リーダーは力まかせに男性の胸を蹴り、背後の室内まで飛ばした。

オースチンの全本能が割ってはいれと告げていたが、リーダーは明らかに武装していたし、ふたりの手下もおそらくは武器を持っている。それにいまはやることがあった。ヘイリー・アンダーソンの安全を確保しなくてはならない。

オースチンはガラスを割ろうと、また窓に近づいた。闇のなかへ飛び出してひとりの敵と対するほうが、三人相手の格闘よりはましだろう。

椅子をつかんで頭上に掲げた。それを使うまえにドアが開いた。

「そいつを下ろせ！」と叫び声がした。

オースチンは手を放し、椅子は床に転がった。

侵入者たちがゆっくり振りかえったオースチンの品定めをして、ヘイリーを一瞥した。

「皿を片づけにきたんだな」オースチンは床に落ちた皿や銀器、カップやグラスを指さした。

ふたりの男は反射的にオースチンが指したほうに視線を落とした。それは素人の反応だが、いかにも彼らは素人で、他人の汚れ仕事を金で引き受けた地元のごろつきだった。彼らがミスを修正する一瞬をついてオースチンは動いた。左足を軸に、近くにいた男の腹に右脚を蹴り出した。

ブーツの踵が杭打ち機のようにヒットして、男は後ろに吹っ飛んだ。折りたたみ椅子よろしく身体を折り、腹部を押さえて喘いだ。ふたりめのごろつきが、オースチンの首めがけて巨大な両手を突き出した。

オースチンはその手首をつかんでひねり、相手の動きを制した。逆にむこうの勢いを利用して体勢を崩させ、床に叩きつけた。倒れた男の顔にすかさず前腕の一撃を見舞った。

もう一発と思ったが、リーダーが来るのはわかっていた。オースチンは立ちあがって振り向いた。

遅かった。

痩せたリーダーはすでにその場で、黒い拳銃をギャング風に横ざまに構えていた。ヘイリーを睨《ね》めまわし、満足そうにうなずくとオースチンに顔をもどした。

「おまえは必要ない」

男が容赦なく発砲した瞬間、オースチンは右へ跳んだ。一発めははずれ、二発めは腕をかすめた。三発めが後ろの窓ガラスを粉砕した。殺し屋になりかけた男が四発めを撃とうとしたそのとき、別の音がした。野球の試合でバットを折りながらヒットを打ったときのような、嫌な音だった。

男の首が前にがくんと折れ、拳銃が手から飛んだ。室内に倒れこんでテーブルに当たり、糸の切れたマリオネットよろしく床に伸びた。

後ろの戸口に、高級家具を抱えたジョー・ザバーラが立っていた。

オースチンは黒い銃をつかんだ。「見事な登場だな」

ザバーラはにやりとした。「やるときは上品にやりたいんでね」

リーダーは気を失い、残るふたりの襲撃者は動いていたが、戦意を喪失していた。まさか敗北を喫するとは思いも寄らず、さらに人数で負け、しかも丸腰となって、もはや降伏するほうに思いが行っているようだった。

オースチンはリーダーのマスクを剝《は》ぎ取った。「この顔に見憶えは？」

ザバーラは首を振り、ヘイリーもそれにならった。「見たことない人よ」

「湖の底の鉱山にいた、われわれの友人たちじゃなさそうだな」とオースチンは言った。

「なんでそう思う？」

「おれたちの意識がまだあるからさ」

倒れたリーダーのポケットで無線機が鳴った。「まだか？　銃声がしたぞ。助けが必要か？」

今度はどこのアクセントかわかった。「ロシア人か？」

「おれにはそう聞こえた」とザバーラ。

「連中がなんで首を突っ込んでくる?」

「さあね。でも別のグループが後ろへ向かうのを見た。この列車にあるとすればだけど、車掌車が連結されてる方向だ」

「あと、少なくとも外にふたりいる」

オースチンは潰れた顔の男に銃を向けた。「このパーティに何人連れてきた?」

男はのろのろ答えた。「トラックに八、九人。かぞえなかった」

オースチンはロシア人を指さした。「こいつみたいな雇い主の男は何人いる?」

「四人だ」

オースチンは顔を上げた。「となると、銃を持った男があと三人はいることになる」

「それに重労働をやる筋肉自慢が大勢」とザバーラが付けくわえた。

「ここから逃げないと」とヘイリーが言った。

ザバーラがうなずいた。「こちらのレディはロケット科学者だ。意見に従ったほうがいい」

オースチンも大賛成だったが、その方法と行き先は? アウトバックを徒歩で逃げても、たいして遠くまで行けない。

無線機がまた音をたてた。「ヴィクトル、答えろ。何があった?」

オースチンは無線機をつかんで通話ボタンを押した。「ヴィクトルはいま手が離せない。予定外の仮眠を取ってるんだ。だが待機していてくれないか。きみとの連絡は重要なんでね」

「何をしてるの？」ヘイリーが、目が飛び出そうな顔をして言った。「わたしたちがここにいることを知られたわ」

「ここにいるのはもう知られてる」とオースチンは言った。「ジョーのおかげで第一ラウンドを取った。攻勢に出る番だ。最低でもやつらに不安を抱かせてやる」

無線機が乾いた音を響かせた。「舐《な》めた真似をすると、あとで後悔するぞ」憤った声だった。

「それはどうかな」オースチンは応答した。「念のために言っておくが、きみの友人のヴィクトルの銃がこっちにあるし、彼とはちがって、おれは狙いをはずさない」

これでむこうには心配の種ができた。オースチンは通路を確かめた。人がいないとわかると、ザバーラとヘイリーにつづけと合図した。

列車の後部へ行ったチームは、いまごろ大急ぎで前方に向かっているはずだ。オースチンはその足を鈍らせる作戦を温めていた。何度か脅しをかけるのが第一、第二に車輛前部でブレーカーを探す。そのブレーカーのパネルを開くと同時に、無線機がまたも音をたてた。

「女を置いていけ、そうすればおまえを生かしてやる」

オースチンは車輌のマスタースイッチに手をかけて、無線機に話しかけた。「彼女が欲しいなら、自分で奪いにこい」

そしてスイッチを弾いて電源を切ると、五〇フィートの長さの車輌が真っ暗になった。乗客のくぐもった叫びが伝わってきた。

オースチンはそれを無視して、一秒のためらいもなく前のドアへと進んだ。そのドアを開けて外に出た。ザバーラとヘイリーが後につづいた。三人は車輌間の連結器の上に立った。

「プランがあることを祈るよ」とザバーラが言った。

「なかったことがあるか?」

「いまは答えを言っていいものか自信がない」

オースチンは、下にある拳の形をした連結器の金属製カバーを調べた。つぎに顔を上げ、前の車輌の汚れた窓から内部を覗いた。

そこは展望車だった。暖かそうな照明が灯り、席は半分埋まっている。乗客はそれぞれ身体を丸め、両手で頭を押さえている。恐怖で身動きできずにいる。奥の端にふたりの乗っ取り犯がいた。

「両側を確かめろ」

ザバーラとヘイリーが車輛の端から後方を見通した。

「友人たちはまだあそこにいる」とヘイリーが言った。「いまはパートナーが合流した。こっちに歩いてくるみたい」

「こっち側にもひとりいる」とザバーラが言った。「やっぱり前に進んでくる。なかの男たちと足並みそろえて移動してるんだろう」

「ということは、おれのプランはほぼ順調だ」

ザバーラは眉を上げた。「ほぼ順調だって？　こっちはほぼ取り囲まれてる」

「そこだ」

ザバーラは困惑していた。「何をめざしているのかわからなくなってきた」

「完全な包囲だ」オースチンは説明した。前方の明るいプルマン式客車をもう一度見た。「ついに」彼はささやいた。「巨漢のコンビのおでましだ」

チンピラふたりはゆっくりと、座席の一列ごとにオースチンとヘイリーがいないか確認しながら近づいてくる。

「おめでとう」ザバーラは低声《こごえ》で言った。「これでカスター将軍優秀戦術学校も卒業だ」

オースチンはにやりとして手を伸ばし、デッキの金属部分の跳ね上げ戸をそっと引いた。穴から砂利と線路の継ぎ目が見えた。「カスターがおれの行動を知ったら、トンネルを掘ってシッティング・ブルの下をくぐって、いきなり背後を突いただろうな。這って前へ、すばやく静かに」

「で、そのあとは？」

「そのあと列車を乗っ取る。いや、乗っ取りかえすと言うべきか」

「乗っ取り犯から乗っ取るのか？　やっと言葉が通じてきたよ」

ザバーラが先に下り、ヘイリーがつづいた。そのあとオースチンは穴から下へ抜け、金属板をそっともどした。ようやく一、二フィート這ったときに、上の車輌のドアが開いた。

じっと動かずにいると、重い足取りでデッキをこすったり踏みつけたりするのがわかった。

賊どもはためらっている。連携攻撃をしかける指示か合図を待っているのだろう。

「位置についた」と声が聞こえた。

オースチンは無線機に手を伸ばしたが、音は出てこなかった。乗っ取り犯は、彼に現況を聞かれないようにチャンネルを切り換えたのだ。

「行け」耳障りな声が応えた。「急げ。時間がない」

金属板の隙間から、男たちが照明の消えた客車のドアをはいっていくのが見えた。

すぐにオースチンは動きだし、トカゲのように前腕と膝で這い進んだ。車軸と枕木の間は二四インチあった。けっして広い空間ではないが、回避行動を取るには充分だった。

オイルと埃とクレオソートの臭いに包まれ、肘と膝に尖った砂利を食い込ませながら、オースチンは可能なかぎり急いだ。

いちばんの不安材料は、外に立つ男たちに見つかることだったが、どうやらその心配は無用だった。ほかの客車から漏れてくる光が明るく、これでは夜目が利かない。見通しいい男たちの位置から、列車の下の暗がりを見るのはブラックホールを覗くようなものだろう。

オースチンはプルマン車の車輪があるボギー台車を二台過ぎ、次の車輛の下を進んでザバーラとヘイリーに追いついた。ヘイリーは進むのに苦労していた。

「旅行のこの部分はあんまり楽しくないわ」

「それでも、きみはここにぴったり収まる」オースチンは言った。「ぼくにはちょっと狭い。それにジョーの頭のサイズからすると、よくも頭をぶつけずにすんだなと思う」

ザバーラは含み笑いをした。彼らはさらに進んで、じきに二台のディーゼル機関車の後部までやってきた。

「障害物にぶち当たったぞ」とザバーラが言った。

オースチンはふたりの前方に目をやった。客車より機関車の下部のほうがずっと狭い。

「こういう現代の機関車の車輪には電気モーターがついてるんだ」ザバーラが指さして言った。「伝動装置も。中央の燃料タンクはもちろん、たぶん前には排障器がある」

「下を通れないんだな?」

「無理だね」

オースチンは眉をひそめた。下を這っていけないなら、屋根に上がるか脇をまわるしかない。「おまえが機関車の乗っ取り犯なら、何を監視する?」

「機関士」ザバーラは応えた。

オースチンの眉が上がった。「こっちもそう考えてた」

「どうするつもり?」ヘイリーが訊いた。

オースチンは後方に目をやった。徒歩の監視人たちはまだ客車に注意を向けていたが、それも長くはつづくまい。列車はカーブした線路に停まっているため、カーブの内側より外側のほうがスペースがある。

「先頭の機関車に押し入って、なかにいる者を驚かせてやろう。できれば撃たずに」

オースチンは徒歩の監視人をもう一度見た。彼らが列車の後部を向いた隙に客車の下から出て、暗いなかを全速力で前へ走った。先頭の機関車に達し、梯子を昇ると、往年の車にあったステップよろしく機関車の側面に取り付けられた、キャットウォークのような台に上がった。

後ろからザバーラが上がり、すぐにヘイリーもつづいた。

三人は機関車の運転台に向かってゆっくり進んだ。一六気筒ディーゼル二基のエンジン音が、足音を隠してくれた。

ドアまで到達し、内部をすばやく覗いたオースチンは、まさに期待どおりのものを目にした。ドアに背を向けた男が、運転席のがっしりした体軀《たいく》の男に拳銃を向けている。

ドアに手を掛け、把手が動くか調べた。ロックされていないことはほぼ確実だった。ドアを開けて躍りこんだ。

乗っ取り犯の反応は鈍かった。仲間と勘違いしたかのように振り向いた。頭に突きつけられた銃を見て、ようやく目を丸くした。

「やあ、相棒」とオースチンは言った。

乗っ取り犯はためらいながら拳銃をよこしてきた。

20

ヴィクトル・キーロフが気づくと、あたりは暗く、頭は偏頭痛のように疼いていた。すこし時間はかかったが、彼は自分の居場所と任務を思いだした。客車の照明が点くとまもなく、仲間が客室に駆けこんできた。

「やつらはどこだ？」ひとりが訊いた。

「知るはずないだろう？」とキーロフは答えた。「連中が出ていったときは意識がなかったんだ」

手ひどくやられた地元のごろつきのひとりが前方を指さした。「前へ行った」

「いまそっちから来たんだ」別の男が言った。「見かけなかったぞ」

キーロフは立ちあがった。腹が立つし、足がふらつく。気を取りなおして言った。

「隠れてるんだ。くまなく捜せ。屋根の上を見てみろ。荷物室を調べろ。どこも二度確認するんだ」

男たちは不安な様子で出ていった。

キーロフのパートナーが近づいてきた。「この列車に長居しすぎた」

キーロフは腕時計を見たが、目の焦点を合わせるのに苦労した。どれくらいここにいたのかわからないが、それはどうでもいい。「あの女なしでは帰れない」

「ここは第三世界の国ではない」パートナーが釘を刺した。「すぐに当局がやってくる」

キーロフは思案した。明るい開けた場所で捕まるわけにはいかない。青酸カリが必要になるだろう。考えたくもないことだった。

不意に列車が前に揺れた。重荷を引こうと力を振り絞るディーゼルエンジンの音と振動が伝わってきた。

「連中は機関車だ」とキーロフは言って前へ向かった。

「間に合わないぞ」パートナーが指摘した。

「忘れたのか。トラックはまだ道に停まっている。列車はそう遠くまで行かないさ」

ディーゼル機関車の運転席で、オースチンは片目でドアを、片目で制圧した乗っ取り犯を監視していた。ヘイリーとザバーラが、五〇〇フィート前方に停まる大型トラックを見つめているのを気配で感じた。

最初、列車はじりじりとしか進まなかったが、しだいに速度を上げていった。轟音《ごうおん》をあげる八〇〇〇馬力の機関車二台が、慣性との戦いに勝とうとしている。あと四〇〇フィートに近づいたとき、トラックの運転手がライトを点滅させ、クラクションを鳴らしはじめた。誰か気づけとばかりに。

「やつは動く」オースチンは自信満々で言った。

「動かなかったら？」とザバーラが訊いた。

「おまえならあそこに残るか？」

「でも脱線するわ」ヘイリーが大声で言った。「この半年だけでも全世界で二五三件の脱線事故があった。しかも、その全部がトラックにぶつかったわけじゃなくて」

オースチンは彼女を横目で見た。「どうしてそんなことまで知ってるんだ？」

「移動に関連した事故の最新情報を調べるようにしてるの。家から出ない理由を忘れないように」

距離が三〇〇フィートになると、列車のヘッドライトの強烈な光が大型トラックの側面を照らすようになった。運転手が眩惑されないように光をさえぎろうとしているのが見えた。

オースチンは無線のスイッチを入れ、話し声が聞こえるまでチャンネルを切り替えていった。

「……列車を通すな」またロシア人らしい声が言っている。

周波数を合わせるなり、オースチンは口をはさんだ。「トラックに誰が乗ってるか知らないが、おれならすぐに移動するぞ」

そのあとにキーロフの声がした。「運転手、そのトラックを動かしてみろ、この手でおまえの心臓を抉《えぐ》ってやる」

衝突まであと二〇〇フィート、列車がいよいよ加速しはじめると、トラックの運転手は中間を取った決断をした。勢いよくドアを開けてトラックから飛び降り、丘に向かって走ったのだ。

「そう来るとは思わなかった」ザバーラがぼそりと言った。

「ああ、そんな」ヘイリーは息を呑んだ。

「すぐに停まれ」キーロフが脅すように言った。

「停めるな」オースチンは、がっしりしたオーストラリア人機関士に言った。

「心配するな」と大男は応えた。

「列車事故に巻き込まれるなんていや」ヘイリーが声をあげた。

機関士がヘイリーを見やった。「大丈夫だ、お嬢さん。このスピードじゃ、列車とはいえない」

トラックまで一〇〇フィート。

「それじゃあ、これは何なの？」

機関士はうれしそうに笑うと、震動しているスロットルを全開にした。「世界最大最強のブルドーザーだ！」

この機関士には痛快でいて、すれすれ狂気めいたところがあった。いずれにしても速度は落とさない。オースチンにとって喜ばしいことだった。

「つかまれ！」と機関士が叫んだ。

最後の一〇〇フィートは一〇秒で消えた。突き進む列車は唸りをあげてトラックの側面にぶつかり、前へ押しやった。ディーゼル機関車だけでも重量は六〇万ポンドある。それらが生み出すパワーそのものと列車全体の重みの前に、トラックはひとたまりもなかった。まるでブリキで出来ているかのように車体が持ちあがり、右側に打ち棄てられた。

衝突の際の音はすさまじかった。雷鳴のような轟音につづく、アルミニウムをずたずたに切り裂く音。大波を砕く船さながらの感覚だった。列車はその衝撃を強烈なパワーで押しのけた。ヘッドライトはつぶれ、風防にひびがはいったが、安全ガラスは砕け散らなかった。そしてトラックの最後の破片が脇に放り出され、盛土を転がり落ちたとき、列車は依然として線路を走行していた。

四輌後ろでは、急制動をかけたような衝撃があった。キーロフとパートナーは、地面に投げ出されないように手がかりをつかむしかなかった。飛ばされたトラックの残骸が見え、走りつづける列車がふたたびなめらかに加速していくのを感じた。

「これからどうやって機関車にはいる?」とパートナーが訊ねた。「ドアを開けた瞬間に狙い撃ちされるだろう。それも、そこまで行けたらの話だ。機関車二台の間にドアはない。それぞれ独立した車輛だ」

「屋根の上なら行けるかもしれない」キーロフは言った。

自分で言っておきながら、それは正気の沙汰ではないとキーロフは思う。映画で何度も見ていたが、あんなことができるはずがない。時速五〇マイルで走る列車の揺れる屋根の上を、風を受けて歩くのは現実には不可能だ。這ってなら行けるかもしれない。列車がさらにスピードを上げるまえに屋根に上がれれば。

なんの結論も出ないうちに、車内放送が流れてきた。

「こちらはカート・オースチン。乗っ取り犯から列車を取りもどし、通常の運行を再開した。〈ザ・ガン〉の乗客のみなさん。今夜の騒ぎでご迷惑をかけたことをお詫びします。本社運行部とは衛星中継でつながりました。この状況を知らせたところ、救援をよこすと約束してくれました。

予定外の停車中に乗車した乗っ取り犯へ告ぐ。SWATチームおよびオーストラリア軍部隊に包囲されたければ、どうぞ、のんびり座ってくつろいでくれたまえ。それが厭なら……列車を降りろ！」

キーロフが驚いたことに、乗客から歓声があがった。それは客車全体から湧き起こり、周囲に響きわたった。

彼はパートナーを見た。「形勢は逆転した」

ふたりはドアへ向かった。一〇秒後、車輛と車輛の間の連結部に立ち、速度を増して後方へ流れていく地面を見つめていた。

一輛後ろで男がひとりジャンプし、砂利の上を転がった。キーロフには地面に激突したように見えた。さらにふたりがつづいたが、その着地も似たようなものだった。

「飛び降りるぞ」キーロフのパートナーが言った。

キーロフは気が進まなかったが、ジャンプしなければもっとひどいことになる。ここで捕まったら、待っているのは不名誉、自殺、あるいはスパイかつテロリストとしての投獄だ。彼は前方を見て、開けた場所を探した。「先に行け！」

即座にキーロフのパートナーが飛び出した。着地して滑るというより転がり落ちたようだった。

列車の警笛が夜の闇を貫き、キーロフは時間が切れつつあることを悟った。これ以上速度が増したら、確実に死ぬはめになる。深く息を吸い、虚空《こくう》へと踏み出した。

長い一秒間、両腕を振ってバランスを取りながら飛んだ。やがて横向きに着地し、受け身を取ろうとした。顔を砂利に打ちつけた。おまけに首と肩をひねった。何度も転がりながら五〇フィートは進み、最後はうつ伏せになって、この一時間弱で二度めの失神に陥った。

〈ザ・ガン〉が速度を上げ、最初の乗っ取り犯を置き去りにして走るなか、前方の機関車にいたオースチンとザバーラと機関士は作戦の成功を喜んでいた。ヘイリーは椅子に座り、身体をふるわせていた。どうやら気分が悪いらしい。

「大丈夫か？」オースチンは念のためにくずかごをそばに動かしながら声をかけた。

「たぶん。とりあえず終わったし」

「よかった。次の駅に着いたらすぐヘリコプターに乗る。あとは空路だ」

彼女はぎょっとした顔でオースチンを見あげた。「ヘリコプターの事故発生率は旅客列車の五倍で……」

声がしだいに小さくなった。あまりに多くのことが、あまりに早く起きすぎた。くずかごに顔を向けるなり、彼女は嘔吐《おうと》した。

21

ワシントンDC　NUMA本部

　ダーク・ピットは、エレベーターのドアが一〇階で開くとすぐに降りた。NUMAのビルのほかのフロアとは異なり、一〇階には人の出入りを確認する受付係も各種業務で忙しく立ち働く職員もいない。それどころか、広いスペースに響く物音は、換気扇の音とコンピュータのサーバーやその他のプロセッサを適温に保つ空調装置の音だけだった。

　左右対称に積み重ねられた演算装置の間を足早に進んでいくと、中央付近で探しものが見つかった。長髪をポニーテールに束ね、ジーンズにコーデュロイのシャツを着た男である。

　そのひょろりとした人物が立っていたのは、長方形をした三枚のガラススクリーンの中央で、スクリーンの大きさと形は姿見そのものだった。じっさい、その配置は客が買おうとしている服を着て、あらゆる向きから確かめられる百貨店の試着室を思わせる。

ただしここでは、そんなふうに角度をつけたスクリーンに映し出されるものはあまり多くない。設計者であり、おもな使用者である粘着質の人物だけと言ってもいい。すなわち、ハイアラム・イェーガーただひとりである。

イェーガーは折り紙つきの天才だった。コンピュータの設計と自作をはじめたのは十二歳。ＮＵＭＡではほぼ無制限の資金提供を受け、独自のシステムを構築し、独自のデータを集めて思うままに用いている。ＮＵＭＡの建物の一〇階は長らくイェーガーのマシンに占拠されてきた。ここ数年で一一階の一角にも持ち場を拡大し、気象研究班はやむなく地階に追いやられていた。

最も効率的なヒューマン・マシン・インターフェースを絶えず求めつづけ、システムの再設計を長年にわたり頻繁《ひんぱん》にくりかえしてきた。複合キーボードや音声認識、さらにはバーチャルリアリティや会話可能のホログラムも駆使している。そしてこれが最新の設備だった。

おかしなもので、システムは進化をつづけているにもかかわらず、イェーガー自身に変化はなく、変わりつづける方程式の唯一の定数のようでもある。

ピットが近づいていくと、イェーガーはデータがあちこちに映し出されるガラススクリーンにせわしなく視線を走らせていた。身ぶり手ぶりを使い、手をふれ、スクリーンからスクリーンに情報を動かしている。奇妙なヘッドセットで片方の耳が覆われ、指ほどの長さの小さなスクリーンが右目の前に伸び、その画面は明滅しているようだった。一〇フィート離れたところから、ピットにも画面に浮かぶ情報が見えた。

「そのうちここに来てみたら、きみがシステムに接続されている姿を目にするんだろうな」とピットは言った。

イェーガーは作業に没頭するあまり、気配を察していなかった。ピットの声に不意を突かれたのか、いきなり振りかえった。「ノックくらいしてくださいよ」

「これだけのテクノロジーがあって、ドアベルひとつないのか」とピットは言った。

「客の入店を金属音で知らせる、ショッピングモールにあるやつとか。番犬でも用意してやろうか」

それを聞いてイェーガーは顔をしかめた。「犬なら飼ってますから。方々にオシッコしたり、ケーブルを咬んだりするから留守番させてます」

「賢明な選択だ」

「ご用件は？」とイェーガーは訊ねた。

ピットは分厚いマニラ封筒をテーブルに置いた。「オーストラリア人からだ。ファイルと技術データ。きみとコンピュータなら分析できると思ってな」

「紙で送ってきたんですか？」

「郵便を使う人間はいまでもいるさ、ハイアラム」

「いっそ羽根ペンで書けばいいのに」とイェーガーはこぼした。

ピットはプラットフォームに上がった。「で、こいつは何だ？」

「新しいインターフェース」

「目の上のそれは？　きみはまるで『0012捕虜収容所』のクリンク所長と、『スタートレック』のボーグを足して二で割ったようだぞ」

「あいにく、シュルツ軍曹の気分です」とイェーガーは言った。「現時点ではなにもわからないので」

「それはおかしな話だ」

「NSAが情報を共有したがらなくて」とイェーガーは説明した。「約束したのに。一切情報をよこさない」

「けさ、データが送られてこなかったか？」

「あれは全部地震のデータです。たしかに、われわれが必要としてるものですよ。でも、そちらの依頼はテスラが考案したとされる、この力学的重力理論を調べろというものだった。こっちでその方面の文書を大量に請求したんですが、返事がない。なしのつぶてです」

そこは手を打たなければなるまい、とピットは踏んだ。

「お見せしたいものがあります」とイェーガーは言って、三枚のスクリーンに囲まれたプラットフォームにピットを招いた。

ピットは前に進み出た。「スーツの採寸をされるような気分だな」

「ご所望なら、このシステムでそれもできますよ」イェーガーは言い放った。「処理能力の無駄遣いだけど」

「スーツの仕上がり次第だ」とピットは応酬した。

イェーガーはその発言を無視し、左側のスクリーンを指さした。画面には煉瓦造りの平屋の写真が映っていた。建物には一〇個の窓が均等な間隔をおいて、玄関を中心に左右に五枚ずつ並んでいる。校舎のような佇《たたず》まいだ。

背後には建築中の建物がある。格子造りで、どことなくエッフェル塔に似ているが、フランスの建築物の優雅な輪郭はないに等しい。むしろ実利一辺倒に見える。塔の頂上はドーム型だった。要するに、金属製の巨大なマッシュルームといったところだ。

「ワーデンクリフタワー」とイェーガーは言った。「テスラの一〇〇万ドルの愚行と呼ばれました。一九〇一年に着工。この一号塔を皮切りに世界中で多くの塔が設置されるとテスラは豪語したんです。データを瞬時に送信でき、おそらくもっと重要なことに、無線で電力を伝送する塔が」

「すばらしい」とピットは言った。

「まさに」とイェーガーは言った。「自説の重力理論と連動して、テスラはこの塔に取り組んだ。そして塔建設で疲弊してしまった。財政的にも、肉体的にも、精神的にも。完成を目指して破産の瀬戸際にも立たされた。一九〇五年には資金を使い果たした。何年かは建物の所有権を保有していたが、やがて抵当流れになった。一九一七年、錆びついた塔はついに解体作業員の手で爆破された。いろいろな意味で、テスラにとって人生最大の挫折《ざせつ》だった。にもかかわらず、こんな手紙があります」

イェーガーの説明のあいだに、手書きの書簡のコピーが中央のスクリーンに映し出された。テスラの署名がはいり、ワターソンという男に宛《あ》てられている。日付は一九〇五年三月だった。

「ワターソンというのは？」とピットは訊ねた。

「ダニエル・ワターソン」とイェーガーは答えた。「当時、テスラのもとにいた若き天才です。コンピュータ、手紙を読みあげてくれ」

いかにも外国訛《なま》りらしい抑揚でコンピュータが音読をはじめた。「テスラの肉声か？」

「いいえ」とイェーガーは言った。「でも、テスラの英語がそれらしく再現されています。おそらくこんな話し方をしていたのかなって」

「きみが教えたのか？」

「いいえ、一〇〇〇もの方言をもとにコンピュータ自体が選出しました」

ピットは首を振りながら、信じがたいものだと驚きをおぼえつつ、スピーカーから流れる声に耳を傾けた。

〈ダニエルくん、この日が来ることをわれわれはともに怖れてきた。交流電流のモーターの特許が切れてからというもの、現金収入が激減してしまった。アスター氏もモーガン氏ももう資金を出してくれそうにない……〉

イェーガーはピットに身を寄せた。「J・P・モーガンとジョン・ジェイコブ・アスター四世のことでしょう、アスターは〈タイタニック〉に乗船して亡くなった方ですね」

ピットはうなずいた。「因縁のある相手だ」

「そうでしたね」

〈……送電の実証が可能なら追加の資金提供に前向きであるとほのめかされたが、検出した磁気異常を相殺できない状況を考えれば、現段階の試行は危険すぎるように思う。

忘れないでほしいのだが、貧しさはたゆまぬ努力で乗り越えられるが、死はそうはいかない。それに、われわれの活動に無関係の大勢の人々に害をおよぼす存在になるつもりはない。それゆえ、きみが手配したそのほかの申し出も断わらざるを得ない。コートランド将軍に連絡して、ご尽力には感謝するが、危険を排除できるまでは事を進めることはできないと伝えてほしい。

大いなる期待をこめて、ニコラ〉

読み上げは終了した。

「このコートランドなる人物は？」

「ハロルド・コートランド」とイェーガーは言った。「当時の特殊需要担当の准将です」

「つまり、危険すぎると判断したため、テスラはジェイコブ・アスターにさらなる出資を求めないと決断し、米陸軍からの資金援助も断わった？」

イェーガーはうなずいた。「書簡によれば。でも、この資料は別として、なにがしかの提供はおろか、軍がテスラと話し合った証拠も見つかっていません」

ピットはワーデンクリフの写真に向きなおった。「カートとジョーが水没した採鉱場で発見したものによく似ている」

「ドームのパイプとの比率はほぼ同一です」とイェーガーは言った。「それに、あの採鉱場と同じく、テスラのワーデンクリフタワーには電磁誘導パイプがあり、地下数百フィートにまで延びていた。テスラによれば、これは〝地球をしっかりとつかみ〟、電力を伝導するばかりか供給するはずだった」

「一〇〇万ドルの愚行か」とピットは考えこむようにして言った。「ただし、テスラは喜んであきらめたような節がある。ほっとしたと言ってもいい。それはなぜか？何を怖れていた？」

答えはわかりきっているといわんばかりにイェーガーは頭を傾けた。「おそらくセロが実現させようとしていた、まさにその効力でしょう。ゼロ点場を揺るがし、リンゴの手押し車を引っくりかえして、リンゴがすべて転がり出てしまうような大混乱を惹き起こすこと」

ピットはうなずいた。パターンに気づきはじめていた。

「きみの話とオーストラリア人科学者の話を考え合わせると、ゼロ点場は重力と関連がある。テスラは独自の重力理論とそれらの塔にほぼ同時期に取り組みはじめた、世紀の変わり目のころに。おそらくその両方を断念したのは……いつだったかな？」

〈一九三七年〉とコンピュータが答えた。

ピットは周囲を見まわした。「ありがとう」機械に返答するとは奇妙なものだと思いながら言った。「では、その理由は？」

〈データが不足しています〉とコンピュータが言った。

「コンピュータは推測できないのか？」ピットはイェーガーに訊ねた。「だったら、きみのほうは?」

「テスラはもう年老いていた」とイェーガーは言った。「破産もした。おそらく金欠だったんでしょう」

「資料から考えるに、テスラはつねに金に困っていた。なぜ一九三七年だけほかの年とちがう?」

「何をおっしゃりたいんです?」

言わずもがなとばかりにピットは肩をすくめた。「その気になれば事業を持続させ、少なくとも倒産は回避できたと考えられる時期に、テスラはこのワーデンクリフの事業計画を葬り去った。そして三〇年後、理論を世に広める準備ができたと主張している。解決策を見つけたのでないかぎり、成功する可能性はいかほどのものか?」

今度もまた問いかけに答えたのはコンピュータだった。〈理念への執着を考慮すると、見込みは一〇パーセント未満です〉

「ハイアラムに訊いたんだが」とピットは言った。「いずれにしてもありがとう」

〈どういたしまして〉

ピットは怪訝な顔をした。

「こういうやりとりなんですよ」とイェーガーは言った。「ぼくが話しかけると、むこうが返答する。ずっとこのやり方で作業しているので」

「ホログラムを取り入れていたときのほうがよかった」とピットは言った。

「彼女にもてあそばれたんですよ」

「かもしれないな。テスラに話をもどしてもいいか？」

イェーガーはうなずいた。「テスラは危険を取り除く方法を見つけたのではないかってことですね、手紙に書いていた磁気異常を」

「それならしっくりくる」とピットは言った。

「もしかしたら」とイェーガーは言った。「ただし、そのころもまだ学説を発表していなかった。そしてテスラが死ぬと、その論文は消えてしまった」

「どこへ消えたのやら」ピットは皮肉をこめて言った。

「NSAが持っていると？」

「なにがしかを」

「まあそうでしょう」とイェーガーは言った。

ピットは、NSAに圧力をかけてくれとサンデッカーに電話で依頼することも考えたが、副大統領はG20会議でロンドンを訪問中だった。それに、この手のことは準備に手間取るものだ。

「連中のデータベースをつついたらどうなる？」

「つつく？」

「ほら」とピットは言った。「金を入れたのに、自動販売機から商品が出てこないときのようなものだ。ちょっと揺すれば何か出てきたりするだろう。ＮＳＡのコンピュータにそれをやってみたらどうなるかってことだ」

「刑務所送りと重労働以外に？」

「ああ、それ以外にだ」

イェーガーは溜息をついた。「ほかにも方法はあると思うけど」

「責任はきみが負うのではなく……」ピットはコンピュータの画面のほうに頭を振った。それとなくほのめかしたことを機械に勘づかれるだろうか。

「そこまでしなくても」とイェーガーは言った。

「おそらくはな。このワターソンなる男についてはどうなんだ？　何かわかったか？」

イェーガーは溜息をついた。「テスラに協力したあとは、たいした活動はなかった。たしか若くして亡くなっています」首をかしげて先をつづけた。「コンピュータ、目下の調査に関連する出来事がダニエル・ワターソンの人生に起きていたか？」

コンピュータは瞬時に計算した。厖大な記録にあたり、相互参照し、因果関係や関連性、あるいはうっかり見過ごしかねないデータ上の些細な点もすべて調べた。そして話しはじめた。

〈ダニエル・ワターソンの一九〇五年以降の行動から、当調査に大きな影響をあたえる事柄は抽出できません。一件、統計上はありそうにないことが検出されました〉

イェーガーは中央のスクリーンに振り向いた。「どんなことだ？」

〈新聞の死亡記事によれば、ダニエル・ワターソンとハロルド・コートランド将軍は同日に死亡しています。死没地は別々の州で、死因も異なります。しかし、どちらの死亡記事も長さが五一語で、故人の氏名、死因、場所以外はすべて文言が一致しています。年齢、職業、居住地の相違を考慮すると、この事態が発生する統計的確率は〇・〇一パーセント以下であると算定されます〉

ピットとイェーガーは顔を見合わせた。「どうやらNSAのデータベースをつついてみることになりそうですね」とイェーガーが言った。

「ときとして、許可をとるより頭を下げるほうが容易な場合がある」とピットは言った。

イェーガーはうなずいた。「レヴンワース刑務所で石を切り出すことになったら、それをまた思いださせてください」

22

〈パシフィック・ボイジャー〉
パース沖二四〇〇マイル南西

パトリック〝パディ〟・デヴリンは、かつて〈パシフィック・ボイジャー〉だった忌《い》まわしい船舶の黒塗りの甲板に佇んでいた。風は身を切るように冷たく、船の前方で渦を巻くように吹いている。鉄灰色の空から霙《みぞれ》が降りはじめ、数時間まえから靄がかかって視界は狭まり、一マイル先も見通せない。

デヴリンはコートの前をかきあわせ、ポケットに手を突っ込んだ。マフラーがあれば。そうしみじみ思ったが、なかにもどるのはごめんだ。

「甲板に出してくれてありがとう」背後を離れない人物に言った。ヤンコ・ミンコソヴィッチ。昔の乗組員仲間で、現在は看守である。

「これくらいかまわないさ。あんただってまさか泳いでジャカルタにもどるつもりじゃあるまい」

「監禁されてるほかの連中にはここまで寛大じゃなさそうだ」

「全部で二六人いる」とヤンコは言った。「衝突した二隻の船にいたやつらだ。団結されたら、脅威になりかねない」

デヴリンはそれについて考えた。つまり、ここには少人数の乗組員しかいないということか？

突風が吹き、氷雨《ひさめ》は激しさを増した。気温とコバルトブルーの海の色から察するに、南下してきたのだろう。太陽は見えないが、いわゆる〝吠《ほ》える四〇度台〟の海域にはいっているようだ、とデヴリンは察しをつけた。ひょっとしたらさらに南下したかもしれない。どうやら嵐《あらし》になりそうだった。

「何かを思いだすんじゃないか？」ヤンコが訊ねた。

「この船が沈んだ日に似てる」とデヴリンは言った。

「あんたが索を切っておれたちを見捨てた日だ」

「船長の判断だった」とデヴリンはすかさず言いかえした。「もうすこし待ってくれとおれは船長に頼んだんだ」

「船長のせいにするのはやめろ」とヤンコ。「もっと言えば、自分を責めるのもやめるんだ、パディ。わが身を振りかえるといい。あんたはこのおんぼろ船よりみすぼらしい。そのくせ、いつかは船長になる気でいた」

デヴリンはヤンコを睨んだ。

「船長にしろあんたにしろ、どうしようもなかったんだ」ヤンコが言った。「そういうふうにおれたちが仕組んだから。仮にあんたがケーブルを解《ほど》かなかったら、おれたちは自分の手で切り離していたさ」

「誰が？」デヴリンは鋭い口調で訊いた。「おれたち、おれたちって、いったい誰の話だ？　それに、なぜだったんだ？　破壊を偽装するためか？　船はすでに遺棄されていた。保険をかけてもいなかった」

「ボスが船を買い上げたんだ」とヤンコは説明した。「何年もまえに。それからずっとタラカンの乾ドックにはいって、ボスは人を使って船の作業にあたらせた。あれこれいじらせた。で、しかるべきときが来て、船を消失させることになった。それでおれたちに命じて、嵐のなかに曳航させた」

デヴリンはヤンコを見つめた。「でも、あんたも乗組員だった。おれたちの仲間だったろうが！」

「半年のあいだだけだ、ほかのふたりともども。うちのボスがあんたの雇い主とそういう取り決めをした」

「いいだろう」とデヴリンは言った。「それで、おれたちのところに送りこんで、〈ジ

ヤワ・ドーン〉に乗船させた。でも船は——この船は——沈没した。この目で見た。「あ
目の錯覚じゃない」

ヤンコは知りたがりの子どもの質問に飽き飽きした親のように溜息をついた。「ああ、パディ、目の錯覚じゃない」

「だったら、どうやってやったんだ?」

「ついてこい。答えがわかる」

ヤンコが先に立ち、メインハッチを通り抜け、内側にあるハッチへデヴリンを案内した。デヴリンがまず気づいたのは、船の外側の区域はほぼ数年まえに見たときのままであることだった。放置され、もう使われていないらしい。しかし、内側のハッチを抜けたとたん、様相が一変した。

ほどなく、近代的なコントロールルームに足を踏み入れた。海図台や推力測定装置、レーダースコープ、グラフィックディスプレイに取り囲まれていた。正面の壁に大型スクリーンが船橋前方の様子を示すように設置されている。じっさい、そこに映し出された灰色の空と船の前方に広がる海洋は、ビデオカメラ群のなかで最高に見晴らしの利く場所からのものだった。

「こんなにいろいろと、いつ準備したんだ?」

「さっき話しただろう」とヤンコは語気を強めた。「岸から曳いていくまえにいじっ

たんだよ」

「でも、水漏れの点検をしてたのに」

「点検は外殻だけだっただろう？　それに、おれが同行して、要注意区域に立ち入らないよう、あんたに目を配っていた」

デヴリンはいまになって思いだしてきた。修繕《しゅうぜん》箇所の仕上がりを確認し、下甲板や機関室、ビルジを調べた。船の内部には誰も気に留めなかった。

ヤンコがひとりの乗組員に目を向けた。「赤外線に切り換えろ」

言われた乗組員はスイッチを動かした。すると、右側のスクリーンの色が灰色から橙《だいだいいろ》色に変化した。突然、雲も靄も雨も消えた。一マイルに届かなかった視界ももはや問題ではない。まるで魔法のように、大きな円錐《えんすい》形の島の輪郭が画面の中心に忽然《こつぜん》と浮かびあがった。中央の山頂は上空数千フィートに届く。一マイルほど離れていて、島が霧にすっぽり隠れているとは思えない。

目を丸くしているうちに、耳が聞こえにくくなってきた。「どうなってるんだ？」

「内殻加圧」と乗組員が言った。「外殻出水中」

左側のスクリーンにデヴリンが目を向けると、船首が海面へ傾いていく様子が映し出された。その直後、八方から水が流れこみ、甲板の隠れた通気孔から空気が押し出された。数秒後に前甲板は水没した。見る見るうちに水位が高くなり、上部構造にまで達し、監視カメラを呑みこんだ。

突如として画面が暗くなり、レンズの前で水が渦を巻いた。しばらくして視界は晴れたが、そうなっても画面には船首部分しか映らなかった。

「潜水艦なのか?」とデヴリンは言った。「まさか潜水艦に改造したのか?」

「この船の中央部分は耐圧殻だ」ヤンコが説明した。「あとの部分はただのカモフラージュさ」

デヴリンは怒りをおぼえる一方で、感心せざるを得なかった。「どこまで潜れる?」

「せいぜい八〇フィートだ」

「空から見つかる」

「黒い塗料は光をほとんど反射しない。それに、レーダー波を吸収する」

塗装がやけに厚くゴム状だった理由はそこにある。

「レーダー塔とアンテナは?」

「撤去せざるを得なかった」とヤンコは言った。「潜水時に障害を招きやすいからだ」

「それでも、ソナーで検知されるぞ」

ヤンコは苛立ちを表に出した。「このまま移動するわけじゃないんだ、パディ。いままでみたいに海上を航行する。隠れるときだけ潜る。それから……停船するときに」

「停船?」

「進入灯を点けろ」ヤンコが乗組員に言った。

遠くで黄緑色の明かりの列が灯った。海底に光が広がった。どこか暗い高速道路の中央につづくセンターラインを思わせた。

「左舷五度」とヤンコは言った。「三ノットに減速」

デヴリンが見守っていると、左側にいた乗組員がキーボードを叩いた。「自動誘導停止。自動ドッキング作業開始」

船は仄かな明かりのほうへ進んだ。

「定位置」と乗組員が言った。

「外側の扉を開けろ」

さらにいくつかキーが叩かれ、岩壁のように見える場所からひと筋の細い光が洩れてきた。デヴリンの眼前でその隙間が広がり、巨大な扉が開いて、島の水面下の斜面に狭い入口が現われた。

船首と船尾の補助エンジンを使い、〈ボイジャー〉が潮に逆らいながらじわじわ進入した先は、自然が造った巨大な洞窟だった。

「全停止」操舵手《そうだしゅ》が言った。

「洞窟閉門中」また別の乗組員が報告した。

「〈ボイジャー〉、浮上」とヤンコは命じた。

艦内のタンクから水を抜く高圧空気の音が聞こえてきた。その音が大きくなって最高潮に達すると、全長四〇〇フィートの船舶は水面に顔を出した。

デヴリンが呆気《あっけ》にとられていると、カメラの前から水が流れ、甲板からも排水された。さらに人工照明が灯り、周囲の洞窟内を照らした。〈パシフィック・ボイジャー〉自体よりひとまわり広い空間だった。

軽くぶつかったような気配がした。

「連絡通路設置」と乗組員が言った。

ヤンコはうなずいた。「囚人たちを連れてこい。おれはパディを新居に案内する」

「新居？」

「そうだ」とヤンコは言った。「タルタロスへようこそ。神々の監獄へ」

23

一五三〇時
NUMA所有船〈オリオン〉
パース沖一七〇〇マイル南西

〈ザ・ガン〉乗っ取りを阻止した後、オースチンとザバーラとヘイリーは移動手段を変更した。パースまではチャーター機を利用し、そこでシーリンクス・ヘリコプターに乗り換え、まだ沖合三〇〇マイルに停泊していたNUMAの〈オリオン〉まで飛んだ。

そこから〈オリオン〉は南西に船首を転じ、外洋へもどった。NUMA船団のほかの三隻も合流し、別々の方角に向かった。南下しながら、ヘイリーが設計した検知器を使って警戒線を張るという、その計画は単純明快だった。セロが装置のテストをすれば、居場所を発見できる。

ヘイリーがセンサー調整の時間の要する作業をはじめると、オースチンは船橋に赴いた。ちょうど当直が交代したところだった。

大きな板ガラスの窓越しに、暗くなり、低くなった空が見える。海は濃い鉄灰色に変化していた。西風が吹き、四フィートから五フィートのうねりがつづいていたが、この海域にしては驚くほど穏やかだ。それでもオースチンは海の様子に不穏なものを感じていた。

船名がはいり、オリオン座の小さな図柄が浮き出し模様になったマグカップを二個つかんだ。マグにコーヒーを注ぎ、ザバーラのほうへ歩いていった。ザバーラは〈オリオン〉の船長と並んで立ち、海図と気象情報を調べていた。

「船長、コーヒーは?」オースチンはマグを差し出した。

「いや、けっこうだ」ウィンズロウ船長が言った。

「おれはもらうよ」とザバーラが言った。

オースチンはマグをひとつザバーラに手渡し、もうひとつは手もとに残した。コーヒーをひと口飲み、気象情報のほうに顎をしゃくった。「どうなんだ?」

「まだ嵐にはならない」とザバーラが言った。「でも、気圧が下がっている。西から低気圧が来る」

いまは三月、南半球は初秋である。あとひと月ほどはひどい悪天候にこそ見舞われないが、船が進入した南緯四〇度の海域は〝吠える四〇度台〟の名で知られる。この緯度にあたる南洋海域は陸地に妨げられることなく、望洋たる広がりを見せている。ひとたび嵐になれば、超弩級《ちょうどきゅう》の暴風雨となりかねない。

「これまでは運がよかった」とウィンズロウが言った。「しかし、この天気は持たない気がする」

「嵐のまえの静けさ?」とザバーラが訊ねた。

「そんなところだ」と船長が答えた。

「航行はつづけなければ」とオースチンは言った。「たとえ悪天候になっても」

ウィンズロウ船長も覚悟はしているようだが、まだ迷いがあるようだった。

「期待には応えるつもりだ」と船長はオースチンに請け合った。「だが、船や乗組員に大きな危険がおよぶようなことになれば決断せざるを得ない。〈オリオン〉は頑丈な船だが、最大級の暴風に耐えられる造りじゃない」

オースチンはうなずいた。船長は船の主だ。オースチンは任務の責任者ではあるが、船長命令は絶対だ。「ほかはどうなってる?」

ザバーラが海図を指さした。「ポールとガメーが〈ジェミニ〉に乗ってる」

地図上で、〈ジェミニ〉は船団からかなり離れている。

「なぜ〈ジェミニ〉は後れを取っているんだ?」

「はるばるシンガポールから駆けつけたいからさ」

「じれったいな」とオースチンは言った。「でも、ポールとガメーが合流するのを待つ価値はある。ほかはどうだ？」

「〈ドラド〉はここだ」ザバーラは海図上で別の海域を指し示した。かなり東方で、オーストラリア中央のほぼ真下にあたる。

「それから〈ハドソン〉はここ、ニュージーランドの南。装置が届いたばかりだ。最短でも二日はかかるな、オンライン状態になるまで」

オースチンは海図を調べた。小型船が四隻、広大な海の地図上では小さな点だ。セロが行動に出るまえに居場所を見つけ出せるか、この四隻が唯一の希望だった。

「うまくいくかな？」とザバーラが訊いた。

「ヘイリーの検知器にすべてかかってる」

「まえほど確信はないようだな」ザバーラが指摘した。

「彼女は隠し事をしている」とオースチンは言った。

「それでも、あんたは彼女が気に入ってる」

「だからこそ注意しないと」

それを聞いてザバーラはうなずいた。「いちばん痛いのは、思わぬ方向から飛んでくるパンチだからな」

オースチンはまたコーヒーをひと口飲み、船橋の窓越しに深まる闇に目を向けた。

ろうか。

考えまいとしてもどうしても頭をよぎる。パンチが飛んでくるとしたらどっちからだろうか。


〈オリオン〉の八六マイル後方、闇のなかを別種の船舶が迫りつつあった。どこから見ても、商船〈ラーマ〉はコンテナ船だった。航海日誌と積み荷を調べれば、ベトナムとオーストラリアを往復して商品を輸送するのがおもな業務であると証明される。じっさい、電子機器を満載していたのだが、パースを出てほんの数時間後、ドミトリー・イェフチェンコに丸ごと買い取られ、ロシア政府が送りこんだ特殊部隊を擁するアントン・グレゴロヴィッチの指揮艦艇に変貌し、南へ針路を転じていた。

〈ラーマ〉は当代の大多数のコンテナ船よりも小さい。一〇〇〇フィート級の巨大船の登場で、七〇〇フィートや八〇〇フィートの船舶でさえたちまち見劣りするようになった時代において、全長わずか五六〇フィートである。しかし規模では負けても、それを最高速度二八ノットのスピードで補っている。

グレゴロヴィッチはロシアの人工衛星からダウンロードされた画像を見ながら、彼らの選択に感謝していた。アメリカ人たちはこちらが発見した瞬間から三〇ノット近い速度で急ぎ南下している。

「なぜ連中を追跡している?」顔に厚く包帯を巻かれた男が訊いた。

「あの女を捕まえるのにおまえが失敗したからだ」とグレゴロヴィッチは言った。

「こっちにはヘリコプターと電波妨害装置がある」とヴィクトル・キーロフが言いかえした。「訓練された二〇名の特殊部隊員もいる。いまなら楽に女を捕まえられる」

グレゴロヴィッチとしては、ロシア当局の工作員をチームに入れるのは気が進まなかった。派遣されてきた特殊部隊にも気を揉むところだが、少なくとも兵士のことは信頼できる。キーロフのような軍参謀本部情報総局《GRU》の野望に燃える局員は信用ならない。

「乗船を許されて幸運なんだぞ、ヴィクトル。おまえは私に顔向けできないことをやらかしたのだからな」

キーロフはそれを聞いて顔をこわばらせたが、口答えはしなかった。

「わからないのか?」とグレゴロヴィッチはたたみかけた。「あのアメリカ人たちは何か知っている。そうでなければ、波を切って船を全速で走らせたりしない。まるでキツネ狩りをする猟犬だ。一方のわれわれは馬に乗った狩人だ。現段階では、距離を置いて追跡するのに越したことはない。クレムリンが認めた人工衛星のデータを使って、目の届かない位置からやつらを見張る。連中が最終目的地を定めたら、われわれは行動に出る」

キーロフは鼻で笑い、首を振った。「セロが有効な武器を持っていると判明すれば、アメリカ人は怒った蜂《はち》の群れのようにここに押し寄せてくる。こんな小部隊では太刀《たち》打ちできやしない。テストが実行されたと世界が気づくまえにセロの居場所を探し出し、やつが開発しているものを壊すか奪うかしないとな」

「奪うだって？」とグレゴロヴィッチは言った。「ということは、われわれには代案があるのか？」

「すこしでも技術を拾えるなら、それを持ち帰る」

「そんな命令は受けていない」とグレゴロヴィッチは言った。

「おれが受けた」とキーロフは言った。

妙だった。が、あながち意外なことでもない。そこはいいとして、実際の任務よりも聞かされなかった事実のほうが気になった。

「では、おまえが持ちこんだ玩具《おもちゃ》で何をしろと？」グレゴロヴィッチは遠くの隔壁に固定されたケースに顎をしゃくった。中身は核弾頭。いわゆるスーツケース型爆弾で、その種の原型と言ってもいい。

ロシアでの呼称はＲＡ－１１７Ｈ。たいていの戦術核弾頭が生み出す威力はせいぜい数キロトン――街の数ブロックを消滅させ、おそらく一マイル四方を壊滅させるに足る規模――だが、このＲＡ－１１７Ｈはそれをはるかに凌駕する。広島型爆弾のほぼ三倍の威力だ。

「技術のサンプルを入手したあとは、あの兵器を作動させて施設ごと消滅させる。セロも、セロの実験装置も跡形もなく消えるんだ」

24

マクシミリアン・セロはエンジニアや専門技術者の列の前を通り過ぎた。彼が製造チームに仕立てあげた、はみ出し者の集団である。そのなかには、金正日《キム・ジョンイル》のもとから逃げ出した北朝鮮出身者、爆弾開発がアメリカまたはイスラエルのコンピュータウイルスで妨害された折に、過激なアフマディネジャド政府から嫌疑をかけられたイラン人夫妻、核兵器の機密を売却した容疑でインターポールに追われるパキスタン人科学者、急進的な思想のせいで〝好ましからざる人物《ペルソナ・ノン・グラータ》〟の扱いを母国で受けたドイツ人中年女性、天才の名を恣《ほしいまま》にしながらロシアの兵士を複数殺害し、死刑を恐れて身を隠すしかなかったチェチェンの若者らがいる。

ある意味、私の子どもたちだ、とセロは胸につぶやいた。あくまで、ある意味で。

恐怖と期待と、そして選択の余地がないことも相まって、彼らはセロのもとに留まり、信心深い信者のような働きをしている。

「おまえたちは私の庇護《ひご》の下にある迷える羊だ」とセロは言った。傲慢《ごうまん》さが滲むバリトンの声が薄暗いコントロールルーム内に響いた。「さあ、労苦の成果をともに見てみようじゃないか。わが才気のきらめきを」

セロは制御盤の前に移動し、スイッチをつぎつぎと弾いていった。まわりの照明が点き、ずらりと並ぶコンピュータ・モニターが光を発した。制御盤の奥にはアクリル樹脂の大きな窓があり、そのむこう側は明かりに照らされた巨大な洞窟だった。完全なる球形で、磨きあげられた石の床からドーム状の屋根まで約五〇〇フィートの高さがある。そのほとんどが天然のものだが、セロの信者と奴隷の手で完璧な球状に仕上げられたのだ。

この球体の内部には金属パイプと足場から成る機械仕掛けの球が置いてある。巨大なジャイロスコープのようだ。たしかにそういう一面もあり、どの方向にも回転する。

これがセロの兵器、その天分の究極の発露だった。この兵器を使えば、莫大なエネルギーを地球上のどの地点にも向けることができる。しかし、たいがいの兵器と異なり、セロのそれは天から破壊の雨を降らせることはない。下から噴出させるのだ。

地球が内包するゼロ点エネルギーを攪乱《かくらん》することで、そのエネルギーを地球の中心部を通過させ、任意の方向に向けることができる。

並んだ表示灯がひとつ、またひとつとグリーンに切り替わった。

「運転準備完了」とチェチェン人が報告した。

「最小動力吸引に設定」とセロは言った。

セロの指令を受け、エンジニアたちは作業に追われた。チェックリストどおりに手続きを踏むと、ほどなく後戻りのできない段階に到達した。

「地熱エネルギーから切り換え」とドイツ人の女が言った。一瞬、照明が薄暗くなり、すぐにまた煌々とした明るさにもどった。

「発火準備開始」とイラン人の男が言った。

数秒後、セロの正面の制御盤のアイコンが点滅し、発火が完了したことを示した。いよいよ決定的瞬間が来た。セロは点火スイッチを押した。

照明がふたたび薄暗くなった。先ほどよりも一段と暗い。消えた照明器具もあった。一連の点火動作に必要な厖大な動力吸引が送電網に負担をかけていた。

窓の上に設置されたスクリーンには平坦な線が映し出されていた。しばらくは何の変化もなかった。やがて線は揺れはじめ、浅い波形のパターンが画面上をくりかえし走りつづけた。

洞窟では、仄暗い不気味な光が螺旋を描いて配管を立ちのぼり、球状の空間の内部に広がった。光は点滅し、消えていった。エネルギーの第二の波動があとにつづいた。しかし最初の波動とちがい、今度は消えることなく、いわば人工の煉獄《れんごく》に閉じこめられた亡霊のごとく動きまわった。

「磁場を維持」イラン人が言った。

ゆっくりと周囲の明かりがもどってきた。

「現在、ゼロ点エネルギーで動いています」ドイツ人の女が誇らしげに言った。

成功を祝う控えめな歓声が部屋に広がるのを尻目に、セロは前方のスクリーンを観察していた。浮き沈みする波形がつづいていたが、やがて黄色い表示灯が点滅をはじめた。

「おかしいな」チェチェンの若者がそう言って、自分のデスクにもどった。「パターンが不安定だ」

「そんなはずはない」別の誰かが反論した。

「自分の目で確かめろ」

セロは制御盤に歩み寄り、立体映像のパターンを調べた。この洞窟のように完全な球形であるはずだったが、天井近くの一部分がゆがんでいた。線が横に引っぱられ、元にもどり、また引っぱられる。まるで映りの悪い古いテレビのようだ。

「解消しろ」とセロは言った。

そう命じている間に第二の警報が作動した。

「領域調節」

パキスタン人がコンピュータのキーを叩きはじめた。洞窟の内部でジャイロスコープに似た巨大な構造物が回転する。大型望遠鏡のようにゆっくりと向きを変え、特定の空域に合わせようとした。その動きの途中で第二の警報が停止した。オシロスコープ風の画面上の黄色い表示灯が点滅をつづけるだけだった。

大規模に組まれた金属パイプは所定の位置に固定されている。電磁エネルギーの残影どうしが、球状の空間内部となめらかなその壁の上でたがいを追いかけている。装置全体はあたかもセントエルモの火に包まれたかのように輝きつづけていた。

「パルス平衡化有効」イラン人が言った。「完全な転換が必要ですが、わずかなゆがみが残っています」

セロは激しい怒りに駆られた。期待を裏切った者を始末してやる。低動力でのわずかなゆがみは動力が高くなれば致命的だ。せっかくの脅威が台なしになる。

「失敗の原因を説明しろ！」とセロは要求した。

エンジニアや専門技術者たちは各々《おのおの》スクリーンを食い入るように見つめ、見逃した兆候はないか確認を重ねた。内輪で意見を交換し、自分たちが目にしていることを理解しようとしていた。

「それで⁉」

「こちらの原因ではありません」最後にドイツ人女性が言った。「出力のバランスは完全に正常です」

「だったら、どういうことだ？」

チェチェンの若者がためらいがちに、迷いを感じさせる口ぶりで言った。「信号が傍受され、一部が吸収されています。干渉縞《かんしょうじま》ができて、バランスが崩されているんです」

「信号が傍受されているだと？」セロは動揺した。

「はい」と若者は答えた。「対抗措置を取って、復旧させられると……」

ハンマーで殴られたように、セロは突然ひらめいた。「いや、だめだ。停止しろ。全停止だ！」

「ええっ？　なぜです？」と誰かが訊ねた。

「むこうは探りを入れている。こちらが電源を入れるのを待ち、信号に狙いをつけるというわけだ。さあ、システム停止だ！」

セロが自分で電源を切ろうとすると、誰かの腕が伸びてきてセロを押しとどめた。振りかえってみると、息子のジョージだった。

「よくも邪魔を！」

「もう手遅れだ」と息子はセロに言った。「ぼくらはすでにレーダーに映ったようなものだ。いまさら停止しても意味はない」

「そうとは限らない」セロは言い張った。

「いや、もうわかっているでしょう？」とジョージは言った。

「だったらやつらを止めないと」セロは本音を洩らした。エンジニアたちに目をやった。「むこうに居場所を嗅《か》ぎつけられたのだとしたら、こっちもむこうの居場所を突きとめられる。このゆがみの原因になっている場所を特定しろ。ただちに」

北朝鮮人とふたりのイラン人は作業を開始したが、不安そうに視線を上げ、セロが息子と話している様子をぽかんと見つめた。

「われわれに目を向けるな！」

彼らは視線を下げて作業を再開し、一連の計算をつづけて答えを出した。

「位置情報入力中」イラン人の女が言った。

アクリル樹脂の窓の上部にかけられたスクリーンに地図が現われた。セロの所在地が表示された。タルタロスの島である。南極海とオーストラリアの南西端も表示された。点滅する点が示しているのは障害を起こすゆがみが検知された場所だった。ほぼ真東、島からわずか九〇〇マイルの位置にある。

「どうやってこれほど近くに？」セロは息を呑んだ。「裏切り者か。われらのなかにまだ裏切り者がいるにちがいない！」

「きっと船でしょうね」朝鮮人が言った。

「むろん船に決まっている！」セロは怒鳴り声をあげた。

「閉鎖したほうがいいよ」とセロの息子は提案した。

「いますぐにか⁉」セロはまたもや怒鳴った。「それには反対だ！　おまえが言ったように、もう手遅れだ。やつらを始末する準備にかかれ」

「テスト抜きで最大動力のリスクを冒すのは賢明じゃない」

エンジニアたちは父と息子の口論を唖然《あぜん》として眺めている。その気まずさから、セロはますます怒りを募らせた。「つべこべ言うな！」

「システムはまだ準備ができていない！」息子はなおも訴えた。

「黙れ！」

そのひと言でセロの息子は引きさがった。セロは部下たちに鋭い視線を向けた。

「装置を短インパルスに設定しろ」と命令をくだした。「やつらの行く手に断層運動を発生させろ。このずれだけでやつらはまるごと呑みこまれるはずだ」


（上巻終わり）

◉訳者紹介　**土屋 晃**（つちや　あきら）
1959年東京都生まれ。慶應義塾大学文学部卒業。翻訳家。訳書に、カッスラー＆ブラウン『粒子エネルギー兵器を破壊せよ』『気象兵器の嵐を打ち払え』、カッスラー『大追跡』、カッスラー＆スコット『大破壊』『大諜報』（以上、扶桑社ミステリー）、ミッチェル『ジョー・グールドの秘密』（柏書房）、ディーヴァー『オクトーバー・リスト』（文春文庫）、トンプスン『漂泊者』（文遊社）など。

テスラの超兵器を粉砕せよ（上）

発行日　2021年4月10日　初版第1刷発行

著　者　クライブ・カッスラー＆グラハム・ブラウン
訳　者　土屋 晃

発行者　久保田榮一
発行所　株式会社 扶桑社
〒105-8070
東京都港区芝浦1-1-1　浜松町ビルディング
電話　03-6368-8870(編集)
03-6368-8891(郵便室)
www.fusosha.co.jp

印刷・製本　図書印刷株式会社

ISBN 978-4-594-08758-6　C0197